U0464673

这一凿，生命如花

刘香河——著

中国华侨出版社
·北京·

图书在版编目（CIP）数据

这一凿，生命如花 / 刘香河著. -- 北京 ：中国华侨出版社, 2025. 3. -- ISBN 978-7-5113-8705-9

Ⅰ. I267

中国国家版本馆CIP数据核字第2025YT6671号

这一凿，生命如花

著　　者： 刘香河
出 版 人： 杨伯勋
策划编辑： 罗路晗
责任编辑： 罗路晗
封面设计： 末末美书
版式设计： 浪波湾图文工作室
经　　销： 新华书店
开　　本： 880毫米 × 1230 毫米　1/32开　印张：7.75　字数：125 千字
印　　刷： 香河县宏润印刷有限公司
版　　次： 2025 年 3 月第 1 版
印　　次： 2025 年 3 月第 1 次印刷
书　　号： ISBN 978-7-5113-8705-9
定　　价： 68.00元

中国华侨出版社　北京市朝阳区西坝河东里77号楼底商5号　邮编：100028
发 行 部：（010）64443051　传　真：（010）64439708

消费时代的文化拼图

——《这一凿，生命如花》序

周明全

因为多次参与里下河文学研讨，结识了仁前兄（他60岁后以笔名“刘香河”著文，下文我便亦以其新笔名称之），但真正的交流，其实还在文字上。当我读到其小说中巨细无遗的民俗描写，感动之余，突发奇想，邀请他在《大家》开设了“醉岁月”专栏，如今，将这些专栏刊发的非遗散文集中起来，通读一遍，依然能感受到其重建传统理想与价值的良苦用心，以及地方性写作的巨大能量。

虽然我不是里下河人，但不得不说，在阅读刘香河这些非遗散文的过程中，内心不断唤起某种社会情感或者说“共同感”，这种“共同感”并不需要通过外力的干预而辨别，而是对自身民族性、历史性的自我指涉。正如在刘香河的这些散文中，他试图建立某种内在的生命联系，一种朴素而深层的情感联系，一种对地域文化的缱绻之情。尤其在很多非遗已经急需抢救的当下，必须以地域性、空间性来重新调校文化观念上的偏差。

尽管如此，非遗在刘香河笔下，不是委顿的，而是生命之花的缩影。他似乎不是从遗产的角度，而是以稚子之眼眸，去重新发现那些新的、唯一的元素。“周虽旧邦，其命维新”，“新”与“旧”在这些散文中，成为辩证的统一体，既要确定这些非遗在人类学与民俗学上的经典位置，精确地分析这些非遗在地域文化乃至民族文化场域中的具体性与独特性，同时，也在时间性的溯本求源中，寻找地域性传承的不二法门。

作为一个在水乡成长起来的作家，倘若从记忆中追寻这些非遗在心头留下的印痕是容易的，但刘香河放弃了这种为了满足个人的怀旧情绪，而建立一座单向度的文化后花园。他选择在某种整体性中，去探索非遗技艺的内涵。然而，将这些非遗对象以新的视角呈现出来，并非易事。这不仅是知识的再造，也是一种空间的生产；它既对应于每个非遗对象外在的技艺经验结构，也内在于社会空间的结构之中。一如列斐伏尔所言：“它首先将一系列看得见、具有一定‘客体性’（即被生产之物）的活动组织起来。（其次）它向那些相互关联的操作施加一种时间性的与空间性的秩序，从而获得一种共生的结果。”

正因如此，刘香河没有采取批判性的视角，而是以立体的人类学的视角予以观照。我们或可发现，刘香河笔下的这些非遗对象，并没有局限于一时一地，也就是说，他所采用的并不仅仅是一个时空性的角度，而是包含了周围的印象、影响与观念构成的整体观感。《拆除藩篱，让生命信马由缰》虽重点落笔于泰兴花鼓，却先后比较了安塞腰鼓、苗族芦笙舞、孔雀舞等民间舞蹈形式，从中得以窥得此类非遗的整体风貌。《妙手生花》中的“泥塑”与“吹糖人”，其实并非仅里下河所有，但是，在刘香河笔下，这些非遗技艺推己及人，让其以特有的文化景观的方式，深深嵌入精神血脉之中。由此我们可以看到，非遗并不是通过一个匠人的技艺和地域因素构想出来的，而是基于社会心理构成、历史乃至与非遗自身有关的一切所决定的。

或可说，写作这些非遗散文，首先要做的是理解传统。我们对一种文化的欣赏与理解能力，最终要从传统中获得。倘若我们失去了这种理解的能力，非遗只能作为一种古董，保存于博物馆中。从历史的观点来看，传统的观念和遗存构成了当下所依赖的文化资源，作为某种尺度，不同代际对于文化传统的某种延续关系，依然是我们考量新旧传承的重要参考坐标系。我想到了艾略特那篇著名的《传统与个人才能》，在这篇文章中，艾略特提出的共时性的传统观，在当下依然具有重要的参考价值。传统始终参与着当下的生活并产生持续影响，传统是历时性和共时性的结合。《盛开在民间沃土之上》中的“锣鼓书”、《脱胎换骨的转化》中的“烧窑”，都写到在“无土时代”，当“文化复古”之风兴起，民间非遗的活化与转化问题，从这些片段化的生存场景中，我们既看到传统生活中温馨的人伦与充实的劳作，也看到其从前现代农耕文明到现代社会过渡的“自为”与“自得”，这也是刘香河慕古却不泥古的一面。评论家吴义勤就此曾经指出，在刘香河非遗散文的写作中，所谓的理解传统，必须具备历史意识，因为在作家背后耸立着一个使语言发生意义的全部历史文化背景，当刘香河通过这种历史意识来确认非遗在当下的价值的时候，我们也就理解了他在描写非遗对象时的那种兴奋与愉悦之感。

事实上，艾略特在指出传统的历史意义的同时，还阐明了传统并非封闭的，而是开放的，传统与当下存在一种互动关系。这给我们的启示是：一方面，要站在传统的基础上，关注非遗的现状和生态；另一方面，也要站在当下，观照文化传统，在思维上，呈现出平行互动的状态。

这些关于非遗的巨细无遗的描写，对于那些惯于精致文化的胃口，必然带来某种原始的冲击力。是的，非遗并非遗落之物，而是在与日常深度交织的充满烟火之气的空间里，让我们一次次领受到的那种热烈的生命情怀。尽管露丝·本尼迪克特曾经说过，每个人“从他出生之时起，他生于其中的风俗就在塑造着他的经验与行为”，但在刘香河的文字中，我依然读到了某种“有意味的生命形式”，非遗并没有外在于当代社会，而是某种文化本质因素的物质化和具象化。《在旧时光里沉醉》一文，我们既看到了会船、庙会、说鸽子等作家痴迷的地方风俗，也读到了水乡日常中的某种诗学和美学向度，予人仪态万千之感。当这些鲜活丰富的日常扑面而来，我们获得了一种基于地理的和空间的审美精神。这些散文既保留了历史纵深的文化原乡的印记，也承载了多元的审美信息，构建了作家与世界进行交流的渠道，这或许使我们在读刘香河散文的过程中，既感到在历史与当下不停穿梭的某种晕眩，又充满了切身体己之感。《舞出生命中的汪洋恣肆》中的“打莲湘”与“千户狮子舞”、《唤醒儿时的味蕾》中的泰州嵌桃麻糕和姜堰薄脆，以及《这一凿，生命如花》中的“石雕”与“木雕”等，无不让普通人的生命理想和诗性情怀得以显影，也突出了日常生活中的精神自足性。这是一种文化的共同感，它需要的是一种向内的投射，尽管作家笔墨集中于某个对象，而时时刻刻指涉的却是那些难以释怀的情感，是现代人对文化家园的精神渴求。一如但丁所言，制成我的，不仅是“神力”，还有“至高的智慧，以及原初的爱”。

由此可见，尽管非遗不可避免地历经历史与当下的重构，但是，它依然持续生产出不断变化的参照框架，传统在此框架中被不断重新组织。一如扬·阿斯曼所言：“即使是新的东西，也只能以被重构的过去的形式出现。”在此意义上，刘香河既面对非遗的“现场”，也在寻找获取其“有机身份”的途径。是的，非遗只有被当代人认同或参与到当代生活中，发掘其内在精神的当代性，才能从法兰克福学派所言的大众流行文化的包围圈中突围而出。在《从心田流淌而出》这篇文章中，作家提到了当下精神的“浮躁”，并由此铺叙各种“号子”与“道情”，这些既可以让人放空身心，设法让自己的心静下来，也体现出鲜明的实用价值和审美价值；既与普通民众的喜怒哀乐息息相关，又凝聚着普通民众的集体智慧，是“俗”和“雅”两种文化相互渗透的产物。对此，评论家阎晶明认为，刘香河的这组“非遗”系列散文，描摹家乡的风物景观和历史遗存，同时还写出了来自生活的文化特质，记述了“非遗”的材质、形态以及记忆与传承。更以思想的和文学的自觉，摹写和展示出当代性体验和认知，指向当代人的精神走向。历史因传承、弘扬而充满活力。

因此，我以为，刘香河的散文中潜藏着某种对话关系，既是与传统的连续性与承继性进行对话，也在与当代以消费文化为代表的流行文化进行对话，试图将人们从“欲望的迷途与甜俗的虚幻中唤醒”。

或许，刘香河这些非遗散文写作的意义就在于，经由非遗而重申文化机制的调节作用。当我们与非遗的距离似乎越来越远的时候，我们更需要与其展开某种内在的对话与交流，凭借天然感情、文化习俗、传统习惯等，构建一种缄默共存的交往关系。唯此，我们才能学会在瞬息万变的当下选择精神的宝藏，才会拥有更为宽广而澄明的生活空间。

是为序。

2024 年 10 月 20 日
彩云之南

目录

在旧时光里沉醉

01

风俗是一面镜子，它照见的是一个迷人的世界。无论是哪个地区、哪个民族、哪个时代，都有着独特的、不一样的风俗。

现代社会，科技极速发展，人们的脚步越来越快，生活节奏、工作节奏，乃至情感节奏，亦如是。多数人在一路狂奔向前的时候，极少转身回望，极少让自己的脚步慢下来，极少去回味那旧日的时光。在我看来，这实在是件憾事。也许是渐入老境之缘故，我是愿意慢下脚步，让自己在旧时光里沉醉的。在旧时光里，我就遇见了令我痴迷的风俗。

风俗是一面镜子，它照见的是一个迷人的世界。无论是哪个地区、哪个民族、哪个时代，都有着独特的、不一样的风俗。有俗语云："百里不同风，千里不同俗。"我所生活的泰州地区，民间风俗丰富多彩，仪态万方。

清明时节，邀你到溱潼的国家湿地喜鹊湖，来看一看划会船吧！那是怎样的壮阔、怎样的激荡呢？有诗为证——

溱潼湖里水如天，
三面村庄但水田。
只有湖东无屋宇，
人家尽住打鱼船。

下河村落自为邻，
惯使舟船气力振。
团练若成皆劲旅，
请看篙子会中人。

这两首诗，出自清同治三年（1864年）九月刻本《海陵竹枝词》，是一个名叫储树人的知县所作。诗作并无深文大义，然其之于溱潼及溱潼会船却意义特殊。储知县的第一首诗作，描述了溱潼特有的水环境，这也是会船能在此发展演变的基础。无此水环境，便无溱潼会船产生于此之可能也。其第二首诗作，直接点出了溱潼一带赛会船的习俗。溱潼一带的下河人，赛会必撑会船。但见会船之上，群情激奋，喊声震天，竹篙挥舞，快捷如飞，好一派热闹的景象。这样的场景，在溱潼已经存在200多年的历史矣。

现在每年的清明节，只要你到溱潼来，你都能在溱湖之上领略到万舟云集、旗幡猎猎、竹篙如林、鼓乐声声、游人如织、呐喊如潮的壮观与激昂。浩荡的溱湖，敞开宽广的怀抱，迎接四乡八镇的会船，迎接四面八方的游人。湖面上，贡船、花船、拐妇船争奇斗艳，令人目不暇接。最是那贡船、花船吸人眼球。那搭建有三四层高的船体，四周装饰了珠帘、布幔、宫灯、流苏，流光溢彩，色彩绚丽。船体的上两层供表演展示之用，顶部则建成楼宇、宫殿模样，一派富丽堂皇。亦有工匠在建造之初就煞费心思，将整个贡船、花船精心打造成“鱼跃龙门”“龙飞凤舞”等主题，漂移于湖上，令人惊叹。

当然，最让人情绪高涨、激动万分的还是赛会船。只听得铜锣鸣响，“咣——咣——咣——”参赛的船只汇聚到指定区域，集合待命，选手们各个凝神屏息，只等出发令响。随着“咣——”一声重锤落到铜锣上，你会看到众船齐发，如离弦之箭。选手们使出浑身力气，挥动着手中竹篙，口中“下！下！”喊声不断。一条条赛船，犹如蛟龙出水，在湖面上飞速翻腾，穿行向前。这时候，湖岸边观战游人的呼喊声此起彼伏，一浪高过一浪，看上去比赛船上的选手们还要紧张呢。

溱潼“会船”

溱潼会船，以其恢宏的场面，独特的表演，扣人心弦的比赛，成为清明时节姜堰溱潼地区特有的民俗活动。然而这一民俗活动，在其漫长的形成发展过程中，亦已形成了自己特有的规范，并得以固定下来。

选船。选船的日子大多定在清明节前的十多天，由会头负责张罗此事。其实，会头在会船节期间要张罗的事情挺多的，选船只是其中之一。这时，有会船的村子都会由会头在村里醒目之处竖起会旗，在村口码头竖起旗杆，旗杆顶端绑有青苗和旗幡。村里有一条会船，村口码头就会竖起一根旗杆。选船，在村民看来，是件能给自家带来好运的事，因而便极自愿地把船撑来，听任挑选。选船的要领在“新”“轻”二字，极易理解：“新”，主要是从美观角度考虑的；“轻”则是从赛船时易于前行，为争先创造条件的。鉴于此，所选之船，以6吨至8吨的“黑鱼鳃”为最好。

试水。试水亦即操练。主要是选手们集中到船上，熟悉船性、水性，以达到“齐号”之效果。“齐号”，说白了，就是通过操练，让所有选手下篙、扬篙步调、动作都能齐整一致，减少力量消耗，以保证赛船全速前行。这里有个讲究，被选中的选手无特殊变故，上船得满3年，退出则被视为不吉利。旧时，女人是上不得赛船的。现在毕竟所处的时代不同了，男女青壮年都有在赛船一展风采的机会了。溱湖会船节期间，还有专门的女子会船表演呢，色彩斑斓的装扮，构成了一道独特的亮丽风景。

铺船。清明临近，所有参赛的会船都要清洗干净，在船舱铺上干净稻草，铺上跳板，以保证选手站立平稳。贡船、花船、龙船、荡湖船等，则要花工夫美化装饰，所需的不仅仅是时日，还有经费。这时，如有善心人士慷慨相助再好不过，也有一些有特殊需求者愿意解囊，以求子、求姻缘之类，如愿之后还请酒答谢呢。会船每年都搞，这样的好事也是可遇而不可求的。因而，会船的相关费用，多数时候是由村民们分担的。

赴会。经过前一阵的忙碌，会船上的各项准备工作均已就绪，清明节也就到了眼前。这时的溱潼人家，自有一番热闹。家家户户扫了墓，便忙着裹粽子、包圆子，邀约亲朋好友前来赏会船节。而有参赛任务的选手，则次日天没亮就登舟出发，赴会去了。祭祀之后的会船，一路锣鼓喧天，威风凛凛，向赛区进发。此时的会船上均插有会旗，会旗上绣着各自村庄名，因而即便途中相遇，也不会像旧时一争高下了，而是会友好地互放鞭炮。常言说“邻居好，赛金宝”，乡里乡亲的，为争个高下伤了和气，不值。和为贵。

赛船。这是人们期盼已久的时刻，也是令游人情绪激荡的时刻，更是选手们斗志昂扬的时刻、溱潼会船节的高潮时刻。宽阔的溱湖之上，参赛的会船在指定区域整装待发。一阵紧密的锣鼓之后，先是“咣——咣——”两声竞赛开始的预备锣声发出，紧接着第三声“咣——”的一声重锤，此乃出发号令也！但见数船竞发，水花四溅，呼号震天，你追我赶，万篙挥舞，蔚为壮观，比赛开始啦！

酒会。时近晌午，溱湖上的会船渐渐散去，热闹万分的湖面渐渐归于平静。激烈追逐的名次现已抛至脑后，胜者固然可喜，未能拿到好的名次，亦不必沮丧，明年此时再相会。那就让我们的篙手尽情享受属于自己的狂欢吧。淳朴的乡风此刻尽现，盆装鱼肉，大碗喝酒，开怀畅饮，放声大笑，岂不快哉！这中间有一件人人都会关注的事："今年的头篙送给谁？"

送头篙。这送头篙，虽说是在酒会上定下来的，其实篙手们心中早就有数的。一个自然村落，几十户人家，早不见晚就见，各家各户那点事情，彼此清爽得很。这头篙，多半是送给那些新婚的夫妇，祝福人家早生贵子。也有送给婚后有了年头尚未开怀的妇女，不过少。话说这喜得头篙的户主，自然得精心准备一番，头篙一进家门，定是灯烛闪亮，燃鞭点炮，噼噼啪啪，好不热闹。在这喜庆热闹之中，主家向篙手们送上糖果、香烟、茶水、点心，篙手们满口"早生贵子"之类的富贵话。如若这一年碰巧让头篙得主喜得贵子，那就会有另一番热闹的景象了。

演戏。撑满3年会船要唱一台戏，这是溱潼一带多年来形成的惯例。如此一来，清明节期间，溱潼一带几乎是村村都唱戏。有村民们自编自演的，有外来演出团队下乡慰问的，天天戏，夜夜歌，真是比过年还要热闹。这一时节的溱潼水乡，到处弥漫着欢乐的气氛，空气中都飘着酒香，是那样的祥和美好。

与溱潼水上大型会船节不同，我老家的都天庙会，则完完全全在陆地上展示。其确切的地点在兴化境内的陈堡镇蒋庄村。蒋庄村原本是兴化2000多个自然村落中一个极普通的村庄，正是因为每年三月初九的都天庙会，在兴化众多的庙会当中，声势最为浩大，表演最为精彩，人气最为旺盛，交易最为繁荣，而为四乡八镇所瞩目，让蒋庄村声名远播。

蒋庄村有两座颇具历史积淀的都天庙，一座是吉祥庵，另一座叫集贤庵。吉祥庵位于村西，俗称西庙。此庙始建于清康熙年间，其建筑规模并不算大，为前后两进，一字排开9间庙舍，又以主殿“玉庙殿”最为高大宽敞。集贤庵，位于村东，始建于清嘉庆十四年（1809年）。其建筑格局为前后三进一厢，由山门殿、天王殿、大雄宝殿以及都天庙构成一组完整的寺庙建筑群。都天庙，紧靠集贤庵西侧，前后两进一庭院。如此的建筑规模与形制，使其列于兴化上方寺、东岳庵、观音庵等几座颇具影响的寺庙之后，为兴化第七大寺庙。这对于建在一个小小自然村落之上的寺庙来说，已是十分的了不起矣。这两座都天庙，以及由此而形成的都天庙会，成为蒋庄人自古以来信奉、敬仰“都天大帝”的最好见证。

民间正统信奉的“都天大帝”，是1000多年前“安史之乱”时期的河南真源县令张巡。历史上江淮一带都天庙里供奉的都天大帝张巡，均为龙袍加身，青色脸庞，三眼黑须。而蒋庄集贤庵里供奉的都天大帝像，则是金脸双目，这源于对张士诚的怀念。

张士诚（1321—1367年），兴化白驹场人。为了反抗元廷暴虐统治，于1353年率领“十八根扁担”在家乡起义，一举攻下草堰、丁溪、戴家窑、泰州、兴化、高邮，并在高邮称王。随后，张士诚率众从高邮来到平江（苏州），改平江为隆平府，在此建都。这期间，他礼贤下士，重视文化和水利，乐于为民办实事，赢得了百姓的赞誉。

同为白驹场人的施耐庵，就曾追随张士诚的足迹，参与过张士诚的军事活动。有学者认为，施耐庵创作的不朽巨著《水浒传》，其题材与元末风起云涌的农民起义有关，水泊梁山中的一百零八条好汉，其实就有着元末农民起义军将领们的影子。

令人遗憾的是，张士诚没能摆脱自古以来农民起义失败的命运。后来，他兵败被俘，宁死不屈。所有这些，都让吴地和家乡的百姓对他更多了一份崇敬与怀念。几百年来，泰州、兴化等地的百姓，一直都拥戴怀念这位反元斗士。于是，才有了名为供奉张巡、实为怀念张士诚的都天庙，有了一年一度的都天庙会。

蒋庄都天庙会，历时3天。三月初八为“约驾”及试会之日。这一天，庙门洞开，焚香点烛，鼓乐喧天，鞭炮齐鸣，自有一番热闹。值得一提的是，“都天大帝”神像两侧，此时有黑白胡须的两条龙守卫着，在前来叩拜的善男信女眼里，增添了些许庄严之气。试会当晚，都天庙周遭定然灯火通明，香烟缭绕。所有参会信众及28个分会的会长，轮流给“都天大帝”上供，顶礼膜拜。三月初九一大早，游行队伍出发之前，28个分会按顺序入庙到“都天大帝”神台前举行“朝庙”供奉大典，之后方能出会。

这时，走在游行队伍最前列的，是震撼人心的头锣，接着是龙灯会、高跷会，还有狮子头、活佛济公、河蚌精，之后是花船、花担、秋千之类，再接下来有万民伞、“鸿富盛会”、开封府，之后是“十八相送”、“西天取经”、天女散花、八仙过海，紧接着是“多福盛会”、花蓬会、狮吼、香莲会、头牌会，然后是銮驾、提香炉、皂班会、点卯、神台，最后是大轿会。“都天大帝”神轿一过，便是惊天动地的升炮。在整个出会游行的长龙里，你会看到龙灯会的熠熠生辉，高跷会的华丽多彩，狮子头的玲珑活泼，济公活佛的诙谐幽默，河蚌精的婀娜多姿，还可以看到花船、花担、秋千的五彩纷呈，鲜艳夺目，千姿百态，真是美不胜收。至于“开封府”的庄严肃穆、头牌会的威风凛凛，更有那“大轿会”的王者风范，自然不在话下。游人们从这场庙会中，充分享受到了音乐、歌舞、戏曲、故事、传奇等一系列民间艺术的熏陶。

具有200多年历史的蒋庄都天庙会，在其发展历程中亦已形成了自己的特色。其一，高跷之高。高跷会所有的高跷，均在1米以上，踩跷人都经过严格训练，踩跷技术十分娴熟。其扮演的渔、樵、耕、读诸角色，不仅扮相俊美，服饰华丽，而且表演精湛，动作灵巧，栩栩如生。其二，龙之威猛。龙灯会的龙，动作繁多，“老龙翻身”“乌龙摆尾”“腾云驾雾”“翻江倒海”，真是威风八面，直扣观者心弦。其三，人物之奇。庙会上，表演打“高肩”的，多为五六岁的孩童，他们站在自己的父辈或祖辈肩膀之上，置于大庭广众之下，本就不易。再身着袍服，头戴盔甲，装扮成三国人物，如刘备、诸葛亮、阿斗、关羽、张飞、赵云、马超、黄忠等，还要保持一定姿态造型，就更不易也。如此小儿，尚能这样敬业，实在令人称奇。其四，声炮之响。庙会“都天大帝”出巡起驾前先是三声炮响，穿堂时又是三声炮响，回街时再有三声炮响，“落驾”时依旧是三声炮响，凡十二声响炮，可谓是震天动地，声响天外。

行文至此，细心的读者朋友不难发现，溱潼会船也好，蒋庄都天庙会也罢，的确很容易让人在旧时光里沉醉。也许有人会质疑，你所写的这些明显带着“回忆”的温馨。黎民百姓的日子，哪里能够如此充满欢乐？诚然，生活的艰辛在我们的日子里客观存在着，问题是我们怎么来对待它。我接下来要叙写的风俗，让我想起著名作家高晓声先生20世纪七八十年代的短篇小说《李顺大造屋》。熟悉那个时代农村的人都知道，那时的农民，一辈子的大事之一：造屋。时至今日，农村发生了翻天覆地的变化，农民的生活水平有了极大提升，但是，“造屋”仍然是件大事。

在农村造屋的艰难，我是有深切体会的。在我家从田头搬迁到村庄上时，那次造屋我已经能做帮工了。为了能让帮我家建房的乡亲们吃得好一些，父母杀了一头肥猪，这也是父母精心计划好了的。建一座新屋，谋划的时间得好几年呢。这期间，每次吃饭的时候，我都会极自觉地跟母亲说，给我一点肉汤就好了。要知道，肉汤拌饭，在平时想都不敢想的。那个香哟——真的，香！母亲舍不得她的儿子，有时候也会挑一块肉放到我碗里，我在端开时会悄悄地拨到饭桌上的肉碗里。几十年过去了，母亲有时还会旧事重提，说她的儿子从小就懂事。我现在要告诉读者朋友们的是，就是这样一件原本充满艰辛之事：造屋，在民间，仍然让它充满喜感。当然，它有个专有名词——“说鸽子”。

噼里啪啦鞭炮响，
万紫千红烟花放，
我来说段鸽子书，
恭喜主家砌华堂。

听，又有哪家在建房，“说鸽子”又开始了。“说鸽子”的，用一段段朗朗上口的吉祥话，为主人家砌房子送上祝福，营造出欢乐祥和的气氛。“说鸽子”的可谓巧舌如簧，一开口便能逗得房主开怀大笑，自然是不停地递糖、敬烟。“说鸽子”说到关键处，房主还得松松腰包，送上“红包”呢。此时，得到好处的当然不仅仅是“说鸽子”的，那些围观看热闹的乡邻们也能从房主手里得到一份好彩头。

常言说，白鸽子往亮处飞。在民间百姓眼中，鸽子是十分吉祥、顺遂之鸟，因而把建房上梁时给主人家说吉祥话、说喜话，称之为“说鸽子”，意为吉祥话、喜话有如放飞的鸽子，阵阵飞起，洒向天空。不过，这“说鸽子”还有另一种说法，叫“说合子”。此处的“合”，易于理解，即为融合、亲近、投缘。“说合子”言下之意，也是给主人家往好处说，自然落到吉祥、喜庆上头了。

“说鸽子”流传的年代颇为久远。有民俗专家研究认为，“说鸽子”是古代的一种“仪式歌”，多用在建造房舍之时。就黎民百姓而言，无论是古时还是现今，建造居所总是一件大事情。不是说安居乐业吗，居无定所何谈乐业呢？因此，人们从古至今都十分看重建房之事。建房过程中，便有许多隆重的“仪式”，每个仪式中都有“仪式歌”。例如，造房开工之前，主人要向造房的掌墨大师傅行三跪九叩大礼，目的是祭拜鲁（鲁班）、张（东汉张衡）两位先师及四方神灵。掌墨大师傅一边敬酒，一边唱《敬神歌》：

手提宝壶敬神灵，
一敬天，
二敬地，
三敬鲁张二师共紫薇。

随着时间的推移，仪式逐渐简化，“仪式歌”也由吟唱变成了“诵”和“说”，慢慢地，“说鸽子”的习俗得以形成。与其他地区“说鸽子”的习俗稍有不同的是，泰州所属高港的田河，其“说鸽子”主要是伴随着建房过程中各种仪式而进行的。这里不妨以“上梁”为例，略作呈现。

第一是“选梁”。梁柱乃房屋之支撑，其重要性不言而喻。因此，在选正梁、中柱时，请来的掌墨师傅初选之后，必定要主人家过目把关。一旦选定，掌墨师傅便在鞭炮声中说起“鸽子”，朗声致贺：

木龙生在高山上，
生在高山你为王。
粗者用作为中柱，
直者用来做横梁。

第二是暖梁。这道仪式，在上正梁的前一天晚上，请掌墨师傅们吃了“暖梁酒”之后，将正梁请放在两张大凳之上，以免有人跨过。若有人从梁上跨过，只能忍受主家的责难。

此时，要给正梁做一件事——贴“福”字。说是贴“福”字，其实贴的是“福”“禄”“寿”。贴“福”字的，一边贴，一边“说鸽子”：

福字四角四四方，
贴在主家紫金梁。
主家生来有福相，
福子福孙福满堂。

“福”字既已贴好，“暖梁”仪式就开始了。主家焚香点烛，敬过喜神之后，在鞭炮声中，便由父母、夫妻、子女双全的“全福之人”端着“火盆”，绕正梁三周，寓意避邪进福，让主家的日子越过越红火。这时，哪里少得了“说鸽子”哕！

金盆生火旺又旺，
全福之人来暖梁。
天官赐福到主家，
主家幸福万年长。

第三是浇梁、照梁。浇梁是将两把盛满美酒的锡壶，先用红纸堵住壶嘴，只待良辰吉时一到，在鞭炮点响之后，掌墨师傅便会拔去红纸的酒塞子，将锡壶中的酒浇洒在正梁之上，边浇洒边“说鸽子”：

我把酒塞来打开，
壶中琼浆献出来。
此酒不是凡人造，
杜康名酒把梁浇。

酒浇木龙头，
主家代代出诸侯；
酒浇木龙腰，
蟒袍玉带百千条；
酒浇木龙尾，
财源滚滚江海水。

这里有个细节，挑得再好的正梁，总有大小头之分。上梁时，一定要大头朝东，小头朝西。这方向不能反。一反，正梁首尾就反了，在民间，乃不吉之兆。

浇梁之后，是照梁。照梁的工具是两顶竹篾筛子，筛子两面均有“名堂”。一面贴红纸，红纸上书：“吉星高照”；一面插上芦花，犹如“避邪宝剑”。掌墨师傅手执宝筛，绕至梁后，对视，照正梁。随后将宝筛放置新砌房屋的山墙之上。“说鸽子”自然少不了。

今逢吉日喜气洋，
我替主家来照梁。
宝筛好比团圆镜，

照得金梁放金光。
避邪宝剑东西插，
保佑主家福寿康。

第四是提梁、平梁。提梁之前有一系列动作要做。掌墨师傅向正梁鞠躬行礼，然后给正梁两端系好用红带缠绕的大绳（亦称“龙绳”），之后便可提梁。此前已经登高至柁梁处的工匠们，这时便可同时拉正梁两端的“龙绳”，边拉边说：

大梁悬在半空中，
摇摇摆摆一金龙。
要问金龙哪里去，
一心要登紫薇宫。

正梁提升到指定位置后，工匠们便将正梁与山墙中的立柱对缝合好，此时正梁便平平安安横架在山柱之间。此谓之“平梁”。鞭炮声中，“说”声又起：

平梁又平梁，

宝地建华堂。
平梁又平梁，
主家喜洋洋。
前有状元府，
后有宰相堂。

第五是抱梁。抱梁之前，有一个仪式：接宝。在梁上的工匠将事先暗藏“宝物”的馒头，从山梁上送给梁下的主家，也就是主要接宝人。这馒头里面的“宝物”多半是金银首饰之类，亦是主家与工匠事先商议好的。说实在的，并不会有哪个工匠为讨得主家一份象征性的“红包”，自掏腰包拿出金戒指、金耳环之类的硬货。接宝之后，工匠们便会手里拿着大元宝状的馒头抱梁。自然是边“抱”边“说”：

一抱一家兴旺，
二抱和合二仙，
三抱桃园结义，
四抱事事如意，
五抱五子登科，

六抱六六大顺，
七抱七子团圆，
八抱八仙上寿，
九抱九世同堂，
十抱十全十美。

抱梁之后，工匠们便将“大元宝”送给主家，主家自当准备好了“红包”。这一切，都被围观在梁下的乡邻们，特别是馋嘴的小孩们看在眼里。他们眼巴巴地等到现在，终于有了他们的好处。只见山梁上，工匠们纷纷将主家事先准备好的馒头、糕点、糖果之类，雨点般地撒向看热闹的人群。此时，还不忘“说”上几句：

抢馒头，
跌跟头，
抢到馒头好兆头。

至此，围绕“上梁”的一套仪式和“鸽子”可算是完成了。然，建房当中尚有好多仪式，尚有好多“鸽子”要说，恕不一一再举。

民间“说鸽子”，让人切实感受到：生活就是苦中作乐。唯如此，我们才会相信，明天会更好！

2020年5月10日于金陵水佐岗

从心田流淌而出

02

我在内心学会了放空身心，设法让自己的心静下来，不让一切浮躁塞满胸膛。

早在1992年，汪曾祺先生就曾说过这样一段话："中国人经过长期的折腾，大家都很累，心情浮躁，需要平静，需要安慰，需要一种较高文化层次的休息。"先生毫不客气地点出了当时社会的通病："浮躁。"

如此看来，"浮躁"，被用来作为当下的一个标签，并不算什么新发明。我们的周遭，每天都大量滋生着浮躁。我们的身心，也被浮躁包裹着、侵蚀着。于是，我们也变得浮躁起来。短视，功利，尾随而来。人们纷纷承认，眼前的生活只是一种苟且，诗和远方只存在于期盼和想象之中。

说实在的，生活尘世，怎么可能总是阳光灿烂？怎么可能总是春风得意？磕磕碰碰，委屈心堵，也会让我心浮气躁，进而心灰意冷。然，这种种的坏情绪，我是不会让其长时间与我为伍的。熟悉我的朋友也好，同事也罢，更别说家中的亲人了，他们总是习惯了我的微笑。我在内心学会了放空身心，设法让自己的心静下来，不让一切浮躁塞满胸膛。其办法之一，便是安静地听听来自民间的音乐。这是不是汪先生所说的“一种较高文化层次的休息”呢？

作为民俗文化的重要组成部分，民间音乐植根于中国传统文化的土壤之中，体现出鲜明的实用价值和审美价值，既与普通民众的喜怒哀乐息息相关，又凝聚着普通民众的集体智慧，是“俗”和“雅”两种文化相互渗透的产物。

听！夏季，在我老家的秧田里，栽秧号子唱起来啰——

一片水田白茫茫，
大姐姐小妹妹来栽秧，
啊里隔上栽，啊里隔上栽，
栽（呀么栽）的好，
栽（呀么栽）的快，
呀得儿喂，嗯哟喂，
为的是呀，
为的是来年多打粮，呀得儿喂。

插秧

既柔且亮的栽秧号子，在插秧田里响起，告诉农人们时令的转换，各家各户忙的重点跟前一段不一样了。不得不佩服这些劳作的人们，像插秧这种原本辛苦而机械的劳作，若是在默无声息中进行，那将是何等的枯燥、乏味？不止于此，身体的疲劳亦随着这枯燥、乏味而加剧、加重。有了栽秧号子，一切都大不同矣。

在插秧田里劳作的人们，无论是插秧的妇女，还是挑秧、打秧的男人，抑或堤岸水车上车水的，随着栽秧号子的节奏，一人领，众人和，各自的工作在欢悦中进行，劳作协调，情绪欢快，身体放松，其乐融融。不少青年男女的情感故事，就在这其乐融融中上演。

因为，这栽秧号子还可以一人领唱，众人合唱的。版本如下——

领：红（啊）衣（来哎）绿裤映水面，

（哎）好像（那个）莲花浮水上。

和：啊里隔上栽，啊里隔上栽，

栽（呀么栽）的好，

栽（呀么栽）的快，

呀得儿喂，嗯哟喂，

为的是呀，

为的是来年多打粮，呀得儿喂。

领：送（啊）秧（来哎）大哥快点儿走，

栽秧（那个）要趁好时光。

和：啊里隔上栽，啊里隔上栽，

栽（呀么栽）的好，

栽（呀么栽）的快，

呀得儿喂，嗯哟喂，
为的是呀，
为的是来年多打粮，呀得儿喂。

不止于此，劳作的人们还会将男女情感放进这栽秧号子。青年男女吟唱起来，情绪则完全不一样矣。

男：上风飘下一对鹅，
雄鹅河边叫妹妹。
蓝花白花玉兰花儿开呀，
嗯呀哦吱呻，呻呀，呻儿，多风流。
我的情妹妹，
嗯呀哟，呀得儿喂。

女：田头哥哥秧担儿悠，
田中妹子把眼瞅。
蓝花白花玉兰花儿开呀，
嗯呀哦吱呻，呻呀，呻儿，多风流。
我的情哥哥，
嗯呀哟，呀得儿喂。

在我的记忆里，有一部叫《流浪汉与天鹅》的水乡电影，其插曲就是这种栽秧号子，但旋律已经发生了变化，似乎更婉转、更深情。其唱词如下：

一根么丝线，
牵丝么牵过了河哂，哥哥哎。
郎儿买个梳子，
姐呀，姐呀梳了头哂，
哟咦哟嗬嗬。

撒趟子撩在外，
一见么脸儿红哂，哥哥哎。
明呀明个白白，
就把相呀思的害哂，
哟咦哟嗬嗬。

说句实话，这首名叫《一根丝线牵过河》的栽秧号子，也叫《撒趟子撩在外》，我自己都不知道听了多少遍。我愿意把“百听不厌”一词，用在这首栽秧号子上。我不得不承认，这些从老百姓心田上流淌而出的栽秧号子，深深地打动着我、感染着我，亦似涓涓细流，流进了我的心田。我曾经在一篇名为《开秧门》的小说中，作过更为详细的描写。

我要告诉读者朋友们的是，《啊里隔上栽》，这首在兴化地区流传甚广的栽秧号子，曾经经兴化号子歌手汤晓玲演唱，流传至十多个国家和地区，她的原声带被中央音乐学院收为视听教材。不仅如此，1991年兴化遭受百年未遇的特大洪灾时，著名女中音歌唱家罗天蝉重返当年“下放”地，慰问抗洪救灾的兴化人民时，就曾深情地演唱了这首栽秧号子。

如果严格细分，这首《啊里隔上栽》属兴化劳动号子中的林湖秧歌号子，其形成的历史极为久远，可追溯至古南荡人和阴山人生活的时代。据《兴化县志》(胡志）记载：“兴自周武王时从泰伯之封为吴，迄春秋皆为吴地。”泰伯建勾吴“以歌为教”。古代的林湖人，其夷语土歌与吴歌融会在一起之后，才形成了具有歌咏特点的林湖号子。

据专家研究，宋人郭茂倩所编的《乐府诗集》中，大量的五言情歌与现存的一些林湖号子，在句式上有惊人的相似之处。明、清两代则是林湖号子传承和发展的高峰期。郑板桥先生就曾写下了“千家有女先教曲”这样的诗句，很能说明当时林湖号子传唱之风颇为盛行。据说，当时由江北“南社”成员发起的魏庄东林庵观音泊赛歌会，每年春秋两季各举办一次，赛歌三天两夜，境况颇为壮观，上百只船从四面八方赶来，起唱时有时会形成一人开唱，上千人跟着和唱的景象，可谓是声动湖荡。亦已经成为兴化水乡农耕文明繁荣的一个历史印记。

林湖号子既保留了兴化劳动号子明快流畅、活泼俏皮的特点，又吸收了江南民歌的委婉清秀、柔美细腻的基调，同时还借鉴了北方民歌行腔泼辣、苍劲粗犷的风格。在表演时，不少号子采用“间白”“对白”，以及一人领唱、多人和唱等形式，从而使号子的演唱，变得更加灵活巧妙，俏皮风趣。除此之外，兴化劳动号子还包括：茅山号子、戴窑窑工号子、周奋西江月号子。

茅山号子，其名气比林湖号子要大一些，主要原因是1956年，毛泽东主席在中南海听过兴化一个名叫朱香琳的民歌手演唱过《山伯思想祝英台》：“哎嘿呦呵嘿嘿哟，哎嘿哎嘿哎嘿嘿……山伯思想祝英台，春夏秋冬四季花儿开……”没有伴奏，没有舞蹈，只有19岁的兴化农村姑娘甜美婉转的嗓音，一曲唱罢，全场轰动，那经久不息的掌声告诉朱香琳，她的演唱成功了。后来，毛主席还和这些农民演员合影留念。这让朱香琳激动万分，热泪盈眶，成为她一辈子难忘的美好记忆。

茅山号子以舒缓平实的音调旋律、明快有力的音乐节奏、快慢自由的演唱速度、分合有致的歌唱形式，形成了高低谐调、咏叹自如的独特民歌特色。

说起来，我还为茅山号子的宣传推介做过一件有意义的事情。2007年6月29日晚，由我牵头策划的中央电视台《欢乐中国行·魅力泰州》大型广场演出在泰州体育中心举行。在台湾地区歌星周杰伦的一曲《本草纲目》后，晚会主持人董卿突然宣布："下面有请来自里下河水乡的农家女演唱《茅山号子》……"穿着蓝底白花衣服的陆爱琴等三位农妇走上舞台，亮开嗓门唱起了一曲堪称经典的茅山号子《小妹妹》。同在舞台一侧的周杰伦，尽管一时听不懂她们用兴化方言演唱的歌词，可他还是被原生态的、高亢明亮的歌声所陶醉。紧接着，颇具戏剧性的一幕出现了：周杰伦竟然用口技模仿摇滚爵士主动为她们伴奏。惟妙惟肖的配合，赢得全场观众长时间热烈的掌声，也让茅山号子再度为广大民众所喜爱。

农家女演唱兴化民歌《茅山号子》

戴窑窑工号子，据传与明朝天子朱元璋那大名鼎鼎的军师刘伯温还扯上点关系，实在让人好奇。原来，这刘伯温在朱氏夺得江山之后曾出游过戴窑，见此地南有青龙桥，北有凤凰嘴，大有藏龙栖凤之气象，唯恐天下再有人来争夺朱氏江山，于是下令在此建窑72座，凿井72眼，大破戴窑风水。如此一来，戴窑的砖瓦烧制日渐发达起来。伴随着旺旺的窑火，窑工号子也随之唱响了。

号子一打声气开，
顺风刮到九条街；
兴化高邮都穿过，

扬州邵伯转过来；

号子尾巴甩三甩，

甩过江去甩到苏州无锡来；

小小号子不中听，

江南江北我兜来转去兜得快……

周奋西江月号子，虽然没有“茅山号子”“林湖号子”名气大，但和“戴窑窑工号子”一样，也与中国历史上的一位帝王有关。

相传隋炀帝杨广三下扬州看琼花，都有上万名纤夫拉着他的龙舟沿大运河而下，一路号子打得高亢嘹亮、明快悠扬，隋炀帝大喜，命宫廷乐师把这些纤夫的号子声记录下来。当隋炀帝站在运河堤坝之上，眺望红日西下，明月东升，其倒影跌落在运河之中，隋炀帝一时感叹，就将纤夫们所打号子定名“西江月”。其唱词摘要如下：

牵动绒绳龙舟行，

粉蝶恋花哥念姻，

妹妹说古人，

哥哥要答准，
自盘古，
天地分，
几皇几帝立乾坤……

牵动绒绳浑身劲，
小妹你要细听真，
自盘古，
天地分，
三皇五帝立乾坤……

这首西江月号子名叫《答对》，相传为李登玉等民间艺人所演唱。因有隋炀帝的钦定曲名，此曲便不胫而走，流传四方。

除了号子这样的纯民间音乐，在我的老家还流行着文人创作的民间音乐作品，依然为广大老百姓所喜爱。那就是《板桥道情》。

以“诗书画三绝”而享誉华夏的郑板桥，其清正为官的形象，至今仍受到世人的推崇。他的那句“衙斋卧听萧萧竹”，就曾被多位国家领导人所引用，具有相当

民间艺人表演兴化《板桥道情》

广泛的传播度和美誉度。然而，谁也没有想到，这样一位文人雅士，竟然看中了“道情”这种民间音乐形式。

提到板桥先生的道情，几乎不可能不提他的《道情十首》。而这首《老渔翁》又是“十首”之首，自然是绕不过去的。故而抄录于此，让列位品鉴品鉴。

老渔翁，
一钓竿，
靠山崖，
傍水湾，

扁舟来往无牵绊。
沙鸥点点轻波远，
荻港萧萧白昼寒，
高歌一曲斜阳晚。
一霎时波摇金影，
蓦抬头月上东山。

先生通过这首道情，描写了老渔翁自由自在的生活，表达了他渴望远离现实世界，向往一种像老渔夫一样的闲适隐居者的生活状态。

说起道情，自然不是郑板桥首创。相传，早先为道家传道之工具，故称之为“道情”。道情演变成为一种民间说唱曲艺样式之后，所抒唱的是一种“乐道徜徉之情”，深受文人雅士喜爱。唐代著名诗人白居易就曾创作过若干道情诗。到南宋时，就开始有人用渔鼓、简板伴奏，击节而歌，演唱道情。元代时，道情由雅而俗，流传进入民间，成为民间艺人谋生之手段。据考证，元杂剧中就有穿插道情的演唱。

道情早在明代以前就已经在兴化一带流传。清初“昭阳诗派”的代表人物李沂，隐居不仕，以创作诗词为日常之娱。他用“耍孩儿”曲调换头，谱出了10首道情。说起来，郑板桥还真是受了李沂的影响，在清雍正三年到雍正七年（1725—1729年）间，他用“耍孩儿”曲调写成了《道情十首》的初稿。直到清乾隆八年（1743年），郑板桥才将修改定名为《小唱》的10首道情作品交由好友司徒文膏刻印行世，前后花去了14年时间。郑板桥是中国文人当中还原道情本来面目，将道情推向雅俗共赏的第一人。著名学者阿英在其《小说闲谈》中说：“‘道情’也曾有过一个盛世，这‘盛世’是在乾隆，是在郑板桥时代。”

板桥先生的《道情十首》有个“开场白”，文字不多，抄录如下：

> 枫叶芦花并客舟，烟波江上使人愁；劝君更尽一杯酒，昨日少年今白头。
>
> 自家板桥道人是也。我先世元和公公，流落人间，教歌度曲。我如今也谱得《道情十首》，无非是唤醒痴聋，消除烦恼。每到山青水绿之处，聊以自遣自歌。若遇争名夺利之场，正好觉人觉世。这也是风流事业，措大生涯。不免将来请教诸公，以当一笑。

再看先生的“尾白”——

风流家世元和老，旧曲翻新调，扯碎状元袍，脱却乌纱帽，俺唱这道情儿，归山去了。

诸君是否觉得，200多年前，先生所言，仍不失消解当下“浮躁”之良方也？

10首板桥道情，首首堪称经典。如第一首写老渔夫，第二首写砍柴的老樵夫，他们都过着一种无拘无束的生活，流露出板桥看透人间名利场，渴望像老渔夫或老樵夫那样过“闲钱沽酒”“醉醺山径”的生活。内容如下——

老樵夫，
自砍柴，
捆青松，
夹绿槐，
茫茫野草秋山外。
丰碑是处成荒冢，
华表千寻卧碧苔，

坟前石马磨刀坏。
倒不如闲钱沽酒，
醉醺醺山径归来。

第三首写古庙里的老和尚，虽然生活过得孤寂，但省却了不少世俗烦恼，表达了先生对内心宁静安适的祈盼。抄录如下——

老头陀，
古庙中，
自烧香，
自打钟，
兔葵燕麦闲斋供。
山门破落无关锁，
斜日苍黄有乱松。
秋星闪烁颓垣缝。
黑漆漆蒲团打坐，
夜烧茶炉火通红。

此外，第四首写行踪不定的老道士，第五首写教人启蒙的老书生，第六首写靠说唱行乞的小乞丐，第七首写远离凡尘的归隐之人，第八首细数历史的兴衰，第九首感叹历史人物，第十首直抒胸臆，劝世人放弃名利羁绊，追求逍遥自在的生活。总体来看，郑板桥先生在这10首道情里，寄托了自己的真情实感，强烈而迫切地希望自己的个性得到解放，憎恶和鄙视世俗生活中的功名利禄，渴望从山林、水湾、古庙、蓬门、柴扉中得到身心的舒展和精神的自由。

板桥道情的演唱，与后来发展成熟之后其他道情演唱一样，所需器具唯渔鼓和简板而已，无须伴奏。渔鼓通常用直径8~10厘米的毛竹筒削制而成，竹筒取4节，寓意二十四节气。鼓皮多选择板油皮，经过刮脂、阴干、剪割等几道工序后，便可得到蒙鼓所需的备用皮。将备用皮泡软之后，便将其蒙在竹筒之上，再加筒箍将其箍紧，阴干即可使用。使用时，左手臂抱渔鼓，左手执简板，右手并指轻弹渔鼓，便有“嘭嘭嘭”的声音发出，显得浑厚而空灵。所谓“简板”，不过两片三四尺长的毛竹片罢了，吟唱时在击鼓之间隙，可敲击简板发出清脆之声，与渔鼓那低沉、浑厚之声形成很好的对比。

板桥道情充分体现了先生的民本思想，自清雍正年间流传至今，经久不衰，魅力不减，在如今的扬州泰州地区喜欢者甚众。其中较为突出的，要数原国家领导人江泽民。他年少时就喜欢板桥道情，年逾古稀之后越加喜爱，不仅多次观看过板桥道情的表演，自己也曾多次吟唱过板桥道情。这一直被扬州、泰州地区的百姓传为佳话。

2020年5月15日于金陵水佐岗

舞出生命中的汪洋恣肆

03

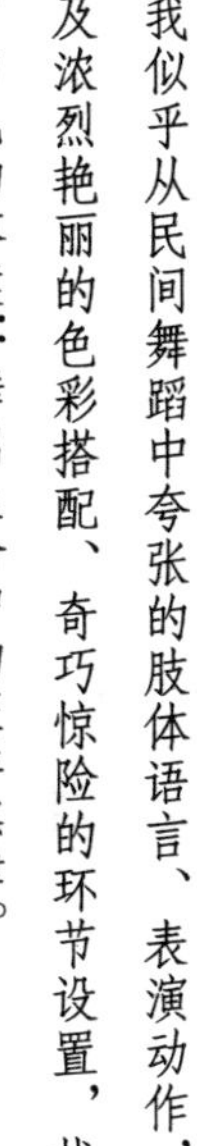

我似乎从民间舞蹈中夸张的肢体语言、表演动作，以及浓烈艳丽的色彩搭配、奇巧惊险的环节设置，找到了自己的答案：舞出生命中的汪洋恣肆。

人的生命形态，受多种因素影响，可谓千姿百态。而理想的生命形态，则为人们所追求向往。“采菊东篱下”是陶渊明孜孜以求的；“五花马，千金裘，呼儿将出换美酒，与尔同销万古愁”，这是李太白的人生态度；“梅妻鹤子”是林逋的生活理想。与这些文人雅士不同，黎民百姓很难做到如此旷达、豪放，其生命形态多半是收敛的、自闭的。这就让大街上，步履匆匆、低头疾行者居多；而田间地头，又以背负青天、躬身劳作者居多。生活在尘世间，谁能轻言，不为五斗米折腰呢？

既如此，何以舒展自己的身心呢？诚如古人所言：“咏歌之不足，不知手之舞之，足之蹈之也。”在我看来，普通百姓还是从民间舞蹈中，寻找到了宣泄释放自己身心的载体。

歌舞，这种用肢体姿态来抒发、表达情感，传达生产技能与信息的行为，可以说是人类与生俱来的一种艺术形式。与高雅艺术殿堂上表演的舞蹈不同，民间舞蹈因民族的不同，以及生活环境、生产方式和宗教文化等方面的差异，就使人们通过形体语言传达心灵感悟时拥有从内容到形式、从韵律到风格都各不相同的、精彩的呈现。我似乎从民间舞蹈中夸张的肢体语言、表演动作，以及浓烈艳丽的色彩搭配、奇巧惊险的环节设置，找到了自己的答案：舞出生命中的汪洋恣肆。

不可否认，如今物质产品的生产，不断丰富着人们的物质生活。马斯洛需求理论告诉我们，人在物质层面需求得到满足之后，还有更高的诸如审美需求、自我实现的需求。人们寻求健康生活方式的愿望越来越迫切。因而，现在无论是城市还是乡镇，无论是南方还是北方，一到夜晚，那些公园、广场、游园等空旷之处，总会有民众聚集在一起，可能是三五成群，也可能是数十人、上百人组成的团队，或跳，或唱，或舞。就跳而言，花样繁多，目不暇接。有跳健身操的，有舞剑的，有打腰鼓的，有滚莲湘的，凡此等等，观之好不热闹。

其间，单取滚莲湘略作叙说。

滚莲湘，为我所熟悉的姜堰地区特定的说法，通行的说法叫打莲湘。莲湘用1米长的细竹筒做成，粗比拇指，两端镂成3个圆孔，每一孔中各串数个铜钱，涂以彩漆，两端饰花穗彩绸，亦称“竹签”“花棍”。打莲湘可由一人手拍竹竿吟唱，三四人手摇莲湘和之。其特点是灵活多变。三五个人可打，数十人乃至上百人亦可打，多为民众闲暇时的自娱自乐。现在也不尽然，说是社区、街道等组织重视，各种广场舞、打莲湘比赛，多得很。我就知道，我们当地一支农民广场舞团队，还到美国拿了一个国际奖项回来，也算是走向世界矣！

即便是自娱自乐，那三五同舞的女伴们，也是要精心打扮一番，方肯在广场或游园露面的。顺便说一句，这打莲湘多为中老年女性，年轻女子也有，但少。几乎没有男性。这一点上，姜堰的滚莲湘，就显得别具一格了，容稍后再述。

且看打莲湘的女性，上场前脱去外装，瞬间把自己变成了一只花蝴蝶：红，粉红；绿，翠绿。飘逸的裙摆，荷叶边的衣袖，无不给人以灵动之感。此时，手中的莲湘舞动起来，舞、打、跳、跃，尽情展现。但见那杆莲湘敲击着自己的肩、背、脚、头、臂、腰、腿，从头打到脚，从前打到后，节奏由慢变快，莲湘发出的响声越发清脆，舞者的姿态越发轻盈。美哉，妙哉！此刻，无论是生活中的闹心事，还是工作上的烦心事，皆抛到九霄云外去也。

这莲湘，不仅仅是“打”，讲究的是边打边唱的。不妨摘录一段：

金风送喜来，
紫荆花已开，
二月大地春雷锣鼓敲起来。
百年梦已圆，
千年手相牵，
中国走进新时代。
恭喜恭喜中国年，
五谷丰登笑开颜。
恭喜恭喜中国年，
歌声万里连成片。
欢乐欢乐中国年，
欢歌笑声连成片。
欢乐欢乐中国年，
红红火火到永远。

姜堰“滚莲湘”

稍有音乐常识的人都知道，这是直接用了《欢乐中国年》的歌曲。而民间打莲湘，其唱词多半根据民间唱本演唱，也可现场编唱。用现成的时代新歌，亦算是与时俱进矣。

前面我说，打莲湘，男性几乎没有，那是指在跳广场舞的情境下。到舞台表演的时候，有一种男女双人对打的表演形式，那就非要有男表演者不可。两人在行进过程中，可打出前进、停留、蹲下等多种步法。随着男女表演者交错对击，一起一落，舞台上的气氛亦变得越发活跃起来。此时，再来个男女对唱，那将会把现场气氛推向高潮。请听——

女：正月里来（呀）是新春，
男：赶上（那）猪羊出（呀）了门。
女：猪啊羊呀送到哪里去？
男：送给（那）英勇的八（呀）路军。
合：嗨呀梅翠花，嗨呀海棠花，
送给那英勇的八呀路军。

男：八路军（来）是自家人，
女：他和咱们是一（呀）条心。
男：坚持了抗战有功劳，
女：赫赫大名天（呀）下闻。
合：嗨呀梅翠花，嗨呀海棠花，
赫赫大名天呀下闻。

女：天下闻名的朱总司令，
男：一心爱咱们老（呀）百姓。
女：为咱们日子过得美，
男：发动了生产大（呀）运动。

合：嗨呀梅翠花，嗨呀海棠花，

发动了生产大呀运动。

男：八路军弟兄们个个能，

女：保卫咱边区陕（呀）甘宁。

男：又帮咱割麦又帮咱种，

女：哪一个百姓不（呀）领情。

合：嗨呀梅翠花，嗨呀海棠花，

哪一个百姓不呀领情。

女：你领情来我也领情，

男：赶上（那）猪羊向（呀）前行。

合：一心爱戴咱朱总司令，

一心拥护咱八（呀）路军。

嗨呀梅翠花，嗨呀海棠花，

一心拥护咱八呀路军。

这是一首以陕北民歌为曲调的《拥军秧歌》，表达的是战争年代陕北人民对八路军和朱德总司令发起南泥湾大生产运动的赞颂，以及对八路军和朱德总司令的拥护和爱戴。现在再搬上舞台，借助其欢快的曲调、活泼的表演形式，来抒发一种对美好生活的向往，也是十分恰当的。

与打莲湘相比，我所熟悉的姜堰地区的滚莲湘，其对莲湘的动作设计，难度似乎要高一些。虽然说，无论是打莲湘，还是滚莲湘，全靠一根“莲湘”与身体动作的配合、变化，进而演绎出各种不同的姿态。然，姜堰地区的滚莲湘，则在“滚”字上下足了功夫。

全套“滚莲湘”，分上八盘、下八盘，因姿势不同，每盘都有不同的名称。如向前时叫“前八盘”，向后时叫“后八盘”。每盘又分为四门。前八盘，表演时以身体的上半身为主，其击打莲湘的方式为“滚击”，再配以上半身各种柔美的动作；后八盘，主要是以腿部动作为主，舞蹈者呈现出来的多半是刚健的跳跃姿态。而前八盘与后八盘的连接，往往用一过渡性动作，那就是莲湘击地。传统的莲湘舞蹈，其高潮部分是“龙翻身”。表演者必须手持莲湘在地上翻滚，莲湘在人的身体翻滚过程中要协调流畅，表演者的翻滚动作要矫健敏捷，绝不能拖泥带水。否则，就失去了观赏性，艺术魅力也会大打折扣。

令我感到惊讶的是，姜堰滚莲湘第四代传人王长山，竟然是时龄已逾七旬的农民，他跳起“滚莲湘”时，竟然有着十分柔美的身姿。其一举一动，浸润着里下河农民特有的憨厚诙谐、沉稳乐观，着实让人感动。难怪王长山的弟子、姜堰滚莲湘第五代传人李道功先生感叹：“看老师跳起来，美滋滋的，柔丝丝的，舞蹈韵味十足，可自己跳起来却远不是那么回事，感到可望而不可即。”

李道功我是熟悉的，他可是有舞蹈专业根底的，曾担任过泰州市舞蹈家协会主席一职。面对一杆竹制的莲湘，在一个年逾七旬的老农面前，也只能甘拜下风，心悦诚服地拜其为师。李道功坦言，要说拿起莲湘就能舞几下、跳几下，并不是什么难事。这可能也是现在莲湘普及程度比较高的原因之一。然而，要想真正体现这种民间舞蹈特有的那股“劲儿”，整个舞蹈过程中散发出来的乡土“味儿”，以及民间老艺人表演起来，一举手、一投足展示出来的那种“范儿”，那就不是一朝一夕能够做得到的了。

与莲湘表演在一竿竹上玩足花样不同，我老家兴化沙沟的段式板凳龙所依托的则是农家常见的用物：板凳。

试想，平常散落在农民家中的小板凳，看上去其貌不扬，实在找不出有什么闪光点。一个日常生活的物件，怎么竟然跟“龙”联系到一起了呢？没有见过这种特殊形式的表演者，即便脑洞大开，恐怕也很难一下子想出一个所以然来。面对这样一种新的表演形式，让我们实在不得不钦佩蕴藏在民间的智慧。

说起沙沟段式板凳龙，就不能不说沙沟古镇上那座古东岳庙。但见，大殿中央的东岳菩萨身着龙袍，神情端庄；东西两根朱红立柱之上，两条盘龙缠柱而出，神态逼真，有腾飞之势。这东岳庙香火颇旺，镇上的百姓，无论男女，遑论老幼，前来焚香叩拜。如若是庙会、节庆等“大日子”，民众还会自带小板凳，方便叩拜之用。有心人发现，当人们叩拜起身时，每个人身边自带的小板凳，弯弯曲曲，有了龙之雏形。此刻，一粒龙种埋下矣。

沙沟东岳庙的庙会，在每年农历三月二十八举行。庙会举办之时，有件大事：东岳菩萨“出会”。也就是东岳菩萨要离开庙堂，外游接受民间香火。这“出会”的阵容中，有一支手持“拜香凳”的队伍，簇拥着东岳菩萨而行，以壮声威。

“拜香凳”，原本是各家常用的小板凳。只不过，有了彩绘的装饰，原本普通的木凳，有了脱胎之变，其身体有红有绿，色彩斑斓。庙会，在农村实际上就是一个集市。人流量陡然增加，街道便拥挤起来。“拜香凳”的队员为保护手中的凳，不得不把一只只“拜香凳”纷纷举过头顶。

这无意当中的一“举”，让原本一段一段分散的“拜香凳”，举成了一条蜿蜒起伏、多姿多彩的蛟龙。于是，真正意义上的“沙沟段式板凳龙”诞生矣。这中间“段式”一词，极容易被误解为某段姓人士发明之谓。其实不然，仅因农家的板凳，自然形态呈“段状”，一节一节的，才有了板凳龙的“段式”之说。

不难看出，彩绘，在沙沟段式板凳龙表演中，显得十分重要。当地流传着这样的说法：“李兆龙，会造龙。”

李兆龙，沙沟地区一个纸扎艺人，相传到他这一代家中已经有五代人从事板凳龙的制作工艺了。清朝末年，李兆龙的父亲制作板凳龙就已经很有影响力。那原本一张张极普通的小木凳，在其父手中，经过贴衬纸，粘红、黄、青、蓝等各色鳞片纸，“龙”便渐渐显形矣。到了李兆龙这一代，更是综合了前人的长处，大胆采用色

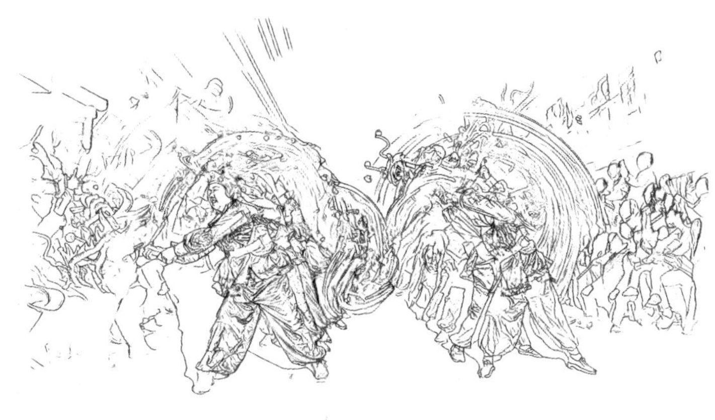

沙沟“板凳龙”

彩鲜艳的彩纸进行装饰。他制作的板凳龙，不仅造型逼真，而且艳丽夺目。

与莲湘表演人数的灵活多变一样，沙沟板凳龙的表演，其人数也不是固定得那么严格。人少时既可独龙腾空，亦可二龙戏珠；人多时则可组成五龙闹海，也可以九龙会聚。这样一来，就比通常舞龙一定要十几个人，每一“拿”都得有人，要来得灵活。舞龙成员中，就算是有人突发状况，不能“出会”，组织者只需稍作调整，板凳龙表演仍然照样进行。

2003年，兴化沙沟的段式板凳龙，登上了中央电视台“心连心”艺术团表演舞台，让从事这一民间艺术的农民很是兴奋和激动，也让我对这种新的舞龙形式有了新的期待。

说了“龙”之后，似乎自然而然要说一说“狮”。在民间，龙和狮子都有着祥瑞之兆。龙和狮子的民间表演，几乎是不可或缺的。不过，用一个小小的村庄来命名一种狮子舞，显得有点不对称。再怎么说，狮子也是百兽长，落魄到一个小小的千户村，这中间有着怎样的机缘？实在让我好奇。我们一直认可的狮舞，有南北之分：南狮、北狮。一个并不起眼的千户小村，怎么就敢冠以“千户狮子舞”之名呢？

众所周知，民间舞狮子，早在2000多年前就有了史料记载。逢年过节，抑或有大事喜事，人们都会以舞狮子的方式以表庆贺之意。随着舞狮子进入各种民间活动，融入各种传统文化习俗之中，也就逐渐形成了风格不同的各种流派。

从形式上分，有“大狮”“小狮”之分。所谓“大狮”，亦称“太狮”，由两人共舞，其中一人主头，另一个人主尾；所谓“小狮”，亦称“少狮”，由一人独舞，或扮狮头，或将狮头抓在手中表演。

从表演上分，有“文狮”“武狮”之分。所谓“文狮”，主要是通过“抓痒”“舔毛”“打滚”“抖毛”等动作，来表现狮子温驯、可爱的一面。所谓“武狮”，则是通过“跳跃”“登高”“跌打”“腾转”等动作，来展示狮子威猛、强悍的一面。

要说这“千户狮子舞”，怎么会落户兴化唐刘千户村的，故事还得从100多年前千户村的3个村民说起。

相传，那时千户村，有3个村民分别叫余广寿、盛春华、盛春林，为谋求新的生计，拜一个名叫吴业存的舞狮师傅为师。据说，这个吴师傅来头了得，不仅在上海滩闯荡多年，且拜了一位上海颇具名气的青龙帮大佬为师，不仅有一身好拳脚，而且精通舞狮子的技巧。余广寿、盛春华、盛春林三人，能拜到这样厉害的师父，哪有不好好学习、潜心钻研的道理呢？因吴业存所传授的为“小狮”，故而后来落户千户村的“小狮舞”就被称为“千户狮子舞”，而艺人们举在手里表演的“小狮子”，也就叫“千户狮”。

“千户狮”，因是“小狮”，每头狮长1.2米，狮头、狮尾用篾片做骨架，狮身用花布和彩带缝制，狮眼、狮须用棉球、麻丝制成，狮舌用红绸布装饰。另外，再配置铜铃数只，使狮子舞动起来时，更具气势。狮身内有干电池装置，夜晚表演时打开此装置，整个狮子闪闪发光，耀眼得很。

千户狮从形式上传承的是“小狮”，从表演上传承的则是“武狮”。其舞狮的动作，在“武狮”的基础上，进行了大胆创新发展。舞狮的动作有引狮、铁绳股、七连环、盘球、对狮等。整个舞狮队由7头、9头、11头或13头小狮子组成，与通常狮队一样，狮队前有一人持彩球引逗，另有乐手4人，敲敲打打，增加气氛。如果是9头狮子表演，俗称“九狮图”，变成13只时叫“十三太保”狮。“十三太保”狮，在狮队规制中为最高级别。对舞狮者的技巧能力要求都非常高，要能做到逢争必胜，否则便有辱“狮祖”，而自我降格。正因为如此，一般狮队以9头、11头狮为多，少有13头的。

千户狮子舞，在千户村繁衍生息。目前，仅有1800多人的千户村，舞狮表演者就有180人之多。自余广寿、盛春华、盛春林3人传入，到现在已经有五代继承者。而这第五代传承者，不再是个人，而是千户村小学的舞狮队。这实在是一件令人高兴的事。

2020年5月18日于金陵水佐岗

唤醒儿时的味蕾

04

在这一点上，我可以骄傲地说：任何时候我的味蕾都会记住儿时的味道，这也是故乡留下的味道。我说的，当然是在我脑海中留下深深印记的故乡的食物。

我出生于“三年困难时期”的中间一年。在我的记忆里，村里的人见面问候的第一句话，几乎总是：“曾吃过呢？”而对方无论吃了没有，多半会回应：“吃过呃。”

这是现在我们的下一代颇费思量的，怎么会问如此低级的问题呢？张口闭口只谈吃，也太俗了一些。

非也。古人云，民以食为天。吃，显然是十分重要且十分严肃的问题。现在虽然再也不会为填饱肚皮而发愁，这并不代表在吃的问题上，就没有什么可愁的了。

在我看来，现在风行的洋快餐，就很令人担忧。你不妨在那些快餐店里扫一眼，不难发现，标准体重的人已经稀有。健康饮食，的确成了全民都必须关注的大问题。不止于此，我还有某种隐忧：现在被洋快餐喂大的孩子，长大之后很有可能会变成“失故乡”的人。儿时的故乡有什么样的美食值得留念？我估计，这些孩子会把自己的头摇成个拨浪鼓。原因很简单，这些孩子的味蕾早已被洋快餐占领，哪里还有故乡民间食品的一席之地呢？

在这一点上，我可以骄傲地说：任何时候，我的味蕾都会记住儿时的味道，这也是故乡留下的味道。我说的，当然是在我脑海中留下深深印记的故乡的食物。

很多年前，我的同乡——著名评论家王干在评价我的长篇小说《香河》时，就曾说过："人的语言记忆、思维记忆都是可以改变的，但要改变一个人肠胃的记忆太难了。这种肠胃记忆让我在看《香河》时，有时候肠胃都蠕动了，因为它里面写了很多家乡的风物小吃。看《香河》，我是把它当作一个长篇的、纪实的、回忆性的散文来看的，看《香河》，其实是我的精神的一次还乡。"

在我所生活的泰州地区，民间有给人送礼"三件头"的说法。这"三件头"，就是"麻饼""麻糕""香麻油"。这与当地人口头常说的"泰州三麻"，完全是一回事。无论是"三件头"，还是"泰州三麻"，当中所说的"麻糕"，其严谨的表述叫：泰州嵌桃麻糕。

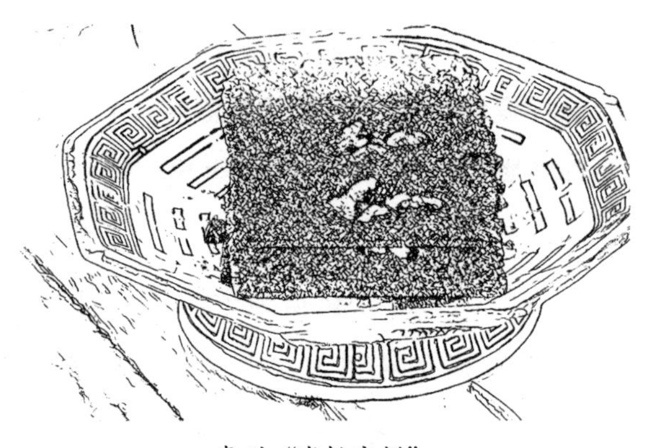

泰州“嵌桃麻糕”

你可不要小瞧一块小小的泰州嵌桃麻糕，它可是早在清代就颇负盛名了。相传泰州城最古老的茶食作坊“九如斋”老板花云斋，得知泰州北城门外天滋庙年逾八旬的老僧爱吃麻糕和核桃，于是灵机一动，将核桃仁嵌入芝麻粉中烘烤，试制成了酥脆香甜的嵌桃麻糕，深得天滋老僧的喜爱。久而久之，天滋老僧的这一喜好，亦为民间所熟知，于是民众们争相仿制花云斋师傅所做的嵌桃麻糕。不仅如此，这些信众来天滋庙烧香拜佛时，还要给天滋老僧带上一些嵌桃麻糕。如此一来，倒将“嵌桃麻糕”这样一道花云斋师傅偶然所得之小点心，得以不断推广普及，逐渐变成了普通百姓之所爱。

进入近代以来，泰州嵌桃麻糕还是可圈可点，获得过不少殊荣的。1934年，泰州吉呈祥茶食店的嵌桃麻糕参加江苏省物品展览会，勇夺冠军；1952年，泰州嵌桃麻糕曾经作为慰问品赠送给在朝鲜英勇作战的中国人民志愿军；1958年，泰州嵌桃麻糕被国家多个外事部门作为馈赠外宾之礼品；1983年，40多个国家的驻华使节、商务参赞来泰州观光时争相购买泰州嵌桃麻糕。有《竹枝词》为赞：

芝麻碾细嵌桃香，
切片微烘色淡黄。
甜脆香酥夸绝诣，
外销能为国争光。

泰州嵌桃麻糕能获得如此多的国外使节的青睐，并非偶然。这与其用料讲究和制作精良密不可分。泰州嵌桃麻糕主要原料有4种，其中，本地原料2种：里下河隔岸坡上生长的芝麻，其籽粒饱满，植物油脂含量高，香味纯正；里下河盛产的圆身香糯米，其比普通糯米个头儿大，黏性好。此外，还有广东产的甘蔗绵白糖、云南产的核桃仁等。

泰州嵌桃麻糕的制作可分为两大部分。第一部分是对4种原料的处理。芝麻，淘洗之后用清水“站青”“擦皮”，下锅先文火炒，再猛火炒，使其呈黄色便可出锅。之后经过风箱去除各种杂质，将芝麻仁碾碎，呈粉末状。香糯米，淘净之后用温水冲，保温一小时，上锅和细黄砂一起炒，直至糯米充分膨胀，之后过筛滤砂，再经过风箱去除其他杂质，便可上石磨将糯米磨成细粉。甘蔗糖，将其加工成软细粉糖。核桃仁，在热水中浸泡10分钟，之后去除其表面的苦涩味，用清水冲滤、晾干。

第二部分是对所有原料进行合成加工。将加工好的芝麻粉、糯米粉、蔗糖粉，按照一定比例配制成手工擦粉，之后过筛、过秤，取每份合成好的糕粉的一半，装入事先准备好的锡制烫模中，推平，压实，再将加工好的核桃仁嵌入，接着将另一半合成糕粉倒入烫模，再推平，压实，然后将装有糕坯的锡制烫模置于60摄氏度的锅中炖，至熟出锅，从锡模中倒出糕坯，再回一次锅，时间大概只需几分钟。之后，将糕坯进行开条处理后放入保温箱一天，便可以切片，然后进行人工摆盘，进炉烘焙。观糕坯烘焙呈麦芽黄即可出炉，起盘，散热，晾干，进行最后的包装。

制成之后的嵌桃麻糕，其规格固定且一致：长7厘米，宽3厘米，厚1毫米，呈长方形。据相关专业人士介绍，泰州嵌桃麻糕，不仅口味香甜，口感酥脆，而且营养丰富。检测结果表明，一块嵌桃麻糕中，含糖量为30%，植物性脂肪含量为12%，植物性蛋白质含量为16%，以及丰富的维生素、核黄素、尼克酸和钙、磷、铁等矿物质，具有提神醒脑、养血益气、健胃补脾、滋养肝肾等功效。

如今，当你漫步在古色古香的泰州老街，便可见经地方政府恢复重建的百年老字号“五云斋”；当你借着夜色乘船游览光影掩映、色彩斑斓的凤城河时，便可品尝到凤城河景区免费提供的泰州嵌桃麻糕，如入口品尝，酥而不散，脆而不板，咀嚼之间，满口留香。一片小小的嵌桃麻糕，让多少人记住了泰州，让多少人留在了泰州，更让多少人对泰州心生向往！

与泰州嵌桃麻糕的“酥”“香”稍有不同，同属泰州地区的姜堰薄脆，则呈现出“薄”和“脆”之特点，并因其“薄”和“脆”而得名。

说起姜堰薄脆，则不得不提“稻香村”。这可是一家百年老店，“薄脆”这一品种就诞生于此。然而，令人遗憾的是，现在在姜堰已经看不到“稻香村”的身影了。

据介绍，当时的“稻香村”，坐落在姜堰东街之上，两间店面，坐南朝北，屋檐外设有宽敞的雨篷，篷下悬一木牌，上书“进呈贡点”四个金色大字。店门上贴着一副嵌字联，上联“稻秀成千穗”，下联“香飘第一村”。店堂内东西各立有“中西糕点”“四时茶食”之牌匾。南边是曲尺柜台，货架下有一横匾，书有“雪片香飞总是群花放蕊，枣糕味厚无非五谷精华”。如此之气派，在其时其地，可谓是首屈一指。当地有位名叫周志陶的老者，曾对“稻香村”的薄脆作如此夸赞：

薄脆罗塘最有名，
当年创自稻香村；
形如秋月三分厚，
爽口酥甜不腻人。

“稻香村”创办于1914年，其创始人为翟鉴泉和他的师兄季则礼。他们创办“稻香村”的时候，姜堰城里已经有了连升、庆升两家茶食店。刚开始，稻香村也是和这两家茶食店一样，主打产品为脆饼和馓子，此外根据四时气候不同，间或增加一两个品种。譬如，春天做薄荷麻糕，夏天做绿豆糕，秋天当然是做月饼，冬天做董糖。

如此按部就班，稻香村生意也不会差到哪里去，正常运营应该没有太大的问题。可翟鉴泉、季则礼是两个爱琢磨、肯钻研、想干一番事业的人。经过一段时间的研究，他们发现，一到夏天茶食生意就比较难做，像桃酥之类多油食品不好卖，而小麻饼又干又硬，也不好卖。能不能有一种新的茶点，既不像桃酥那么多油，又不像小麻饼那么干硬，酥爽一点，香脆一点，顾客肯定会喜欢。想法一出来，他们立马付诸行动，首先从工艺上寻找突破口。将通常的“死面”改为“发面”，将原来厚大的糕体，改为薄而小的形制，几经烘烤焙试验，做出了一种香甜酥脆的“酥油饼”。这新品“酥油饼”，其品质跟现存稻香村店内的所有茶食都不一样，色泽微黄，入口即酥化，且口感甜爽，不腻人。它的外形更诱人，小巧轻薄，往桌上轻轻一丢，立即碎成数片，其薄脆品质显而易见。于是乎，翟鉴泉、季则礼就给他们自己试制出的新茶点起了个“薄脆”之名。

薄脆上市后，翟鉴泉、季则礼还在营销策略上创新。改变以往茶食按斤两计价的做法，换之为按片付费，一片薄脆两三个铜钱，与一只脆饼的价格相当。如此新品，自然会受到民众的喜爱。薄脆甫一面市，一炮打响。当然，用现代人的眼光来看，薄脆按片卖，也有明显不足。茶点容易为手所污，不太卫生。因而，现在市场上买到的薄脆，还是整体包装。此是后话。

经过岁月的洗礼、实践的摸索，姜堰薄脆亦已形成自身较为成熟的制作规范。首先是用料。姜堰薄脆的主要原料为花生油、芝麻油、蔗糖、面粉。花生油用来发酵，芝麻油用来提香，蔗糖自然是增加甜度，只不过，这3种原料宜用新上市的，隔年陈最好不用。做薄脆，对面粉的要求很高，需要精面，即加工出的头道麸面。用此面粉发酵，不仅劲大宜发酵，且发酵后的面品质细腻。

其次是制作加工。姜堰薄脆的制作加工可分为发面、揉面、制坯、烘焙、包装五个步骤。发面，关键在于“酵”基要好，否则没有劲道。酵发好之后，则要掌握好加碱的分寸，少了口感酸，多了口感苦且涩。揉面，几乎是做每道面点都有的工序，无太多特别之处，将面团揉搓至光滑发亮，弹性十足即可。别忘了，得将所有配料掺和进面，再进行搓揉。制坯，用制薄脆所特有的工具，将揉搓成熟的面团，裁成大小相等的圆饼状之后加石磨压制，使其成为直径6厘米、厚度2毫米的薄脆坯子，并撒上芝麻待烤。烘焙时，将薄脆坯子置于事先加温的铁锅中上下烘烤，掌握好烘烤的时间和锅内的温度，既不能生熟不匀，又不能烘烤至焦。包装，出锅的薄脆，散去热气之后，即可进行包装上市。每年五月端午节、八月中秋节、新年正月过春节，都是薄脆行销的旺季。

姜堰薄脆，现在和溱湖簖蟹、溱潼鱼饼、虾球等“溱湖八鲜”一起，发展成为姜堰地区颇具盛名的地方特产，并且成功进入苏果、世纪联华等大型超市销售，为更多的消费者所接受和喜爱。

说了泰州嵌桃麻糕和姜堰薄脆这两种民间小点之后，请允许我再向诸君介绍一种清凉爽口的糖果：泰州丝光薄荷糖。

先说一段故事。

话说清末民初，有一年盛夏，日头如火，暑气逼人。泰州稻河清化桥下，集中停泊了一批从里下河赶来的贩运粮草和农产品的商船。他们原以为躲在桥下，可以聊避暑气，无奈天气太闷热，许多商贩出现了头疼、头晕、咽喉干燥等不良症状。这样的身体状况，商贩们哪里有什么心思做生意吵。

就在这时候，当地的一个郎中从清化桥上经过，发现了这一群萎靡不振、无精打采的商贩，知是中暑之症状，可郎中并没有急于施救，而是从近旁叫来了一位挑糖担子的，让卖糖的给桥下每个商贩几块薄荷糖，叫商贩们含在嘴里，待糖自行慢慢融化。刚开始，这群商贩有些不以为然，心想这郎中究竟唱的是“哪一出”。不给我们治病，反而让我们吃薄荷糖，如此做法，估计医术也高明不到哪里去。可我们又不是孩童，无须用糖果来哄的。不过，商贩们想想与这位郎中素未谋面，郎中却自掏腰包为他们买薄荷糖，也就不好过分责备了。就在这些商贩因郎中发薄荷糖给他们而一头雾水时，商贩们的身体状况发生了变化，原先胸口烦闷、头疼头晕的症状减轻了许多，有了一种凉丝丝的感觉，一下子舒服了许多。这时，商贩们才知道郎中是妙用泰州的丝光薄荷糖为他们解暑呢。

原来，这位泰州本地郎中，也不是平常医者，与泰州北山寺老僧过从甚密，从老僧那里学会了不少民间秘方。郎中早就知道薄荷糖具有润喉、去暑、止晕之功效，故而，面对一群中暑的商贩们，方能顺势而为。

郎中妙用薄荷糖的故事，在泰州流传甚广，亦让泰州丝光薄荷糖声誉大振，深受老百姓的喜爱。然而，真正将泰州丝光薄荷糖进一步发扬光大的，是一位名叫马宝春的制糖师傅。

民国时期的泰州，马宝春等人就在北城门外的扁豆塘一带，开办了大大小小的制糖作坊五六家。那时，借助货郎销售是一个主要渠道。城里城外，周边乡村，随处可见货郎挑着货郎担子，亮着嗓子走街串巷卖薄荷糖。录一则货郎唱的“顺口溜”为证：

一粒丝光薄荷糖，
生津润喉又清凉。
金身银丝甜又爽，
老少皆宜尝一尝。

后来，马师傅带领一众制糖师傅，把薄荷作坊越办越多，队伍也越来越壮大。他们先后在施家湾、老渔行、塘湾一带，开办了20多家制糖作坊，从事制糖这一行的，就有了200多人。这在当时，可是了不起的规模。历经数年之后，马宝春收王宏诗为徒，并将自己的制糖手艺毫无保留地传给了王宏诗。

泰州丝光薄荷糖在制作过程中，有一道“抽丝”工序，让糖体本身似有“银丝”镶嵌，故而得名。在经历了100多年的发展演变之后，亦已形成了一套自己的制作规范，包括熬糖、冷却、叉白、拉条、压模五大工序。

熬糖。泰州丝光薄荷糖所选原料，为“两广”优质白砂糖，以及透明、高度数的麦芽糖。熬糖时，要保持旺盛的炉火，让紫铜锅内的温度始终在150摄氏度至155摄氏度之间，将调制好的糖料放入锅内熬制，待糖料至稠，挑起成丝状，料体不沾手了，方能起锅。这时，熬制好的糖料有如流金，璀璨耀眼，十分好看。故而，制糖师傅给这道工序起了个好听的名字——“点石成金”。

冷却。冷却的主要工具是长约3米、宽约2米的冷却盘。冷却盘为双层空心，夹层内有循环水冷却。糖料置入冷却盘后，因低温冷却原理而不断凝固，此时便可加入适量薄荷油。这加薄荷油的过程并不容易，需要制糖师傅用铁铲不停地“翻”“铲”“覆”，并把握节奏，循环往复，直至糖软硬适宜，便可将糖料堆成墩形。这道工序，从师傅的动作上亦有个颇为形象的名字——“翻江倒海”。

叉白。完成这道工序，主要靠师傅手中的两根“竹拉棒”。这“竹拉棒”，长大约30厘米，直径大约3.5厘米。叉白时，制糖师傅须双手持棒，呈交叉状，在冷却盘中挑起糖丝，来回“拉”“牵”“叉”。此时，两根“竹拉棒”在师傅手中，快速而有节奏地动作着，犹如双龙附手，而糖丝在师傅不停地“拉”“牵”“叉”动作之下，渐渐地变白了，而且越来越白，最后成了一团白球，似龙珠一般。因此，这道工序也就有了“双龙戏珠”的别称。

拉条。将事先准备好的“白条”（一种糖料）贴到糖墩之上，而糖墩则置于能保温的案板之上。在保温箱的作用下，案板上的糖体呈松软状，制糖师傅双手从糖墩抓起糖料往外拉，那贴在糖墩上的“白条”自然随着糖体的延展而不断伸长，有如抽丝一般，源源不断。这时，师傅手中“拉”出的糖条，狭长苗条，匀称流畅。而贴在糖墩上随之“拉”出的“白条”如银丝一般，完美地嵌入了糖条之中，细密白亮。此时，只等将糖条进行切割，丝光薄荷糖就做成了。这道工序从动作形态上看，与缫丝工艺中蚕茧抽丝颇为相像，因而被称为“抽丝剥茧”。

压模。这是制糖的最后一道工序，靠的主要是模具的作用。将切割好的糖坯，装入模具中进行压制，使其成型。此时，糖果已经成块，一列列整整齐齐排列于模具之中，好似一队队士兵隐身于洞穴。于是，便有制糖师傅将这道工序叫作“兵藏于洞”。

刚出模的薄荷糖，金黄色的糖体上嵌有闪亮银丝，玲珑剔透，色泽诱人。丢一粒放嘴里，细细品咂，丝丝香甜之中，弥漫着满口的清凉。尤其在炎热的夏季，含一粒丝光薄荷糖，整个人也会顿时清爽起来。

2020年5月20日于金陵水佐岗

这一凿，生命如花

在这一凿接一凿的开凿之中，一件件饱含艺术生命之作，在民间艺人手中如花绽放。

民间艺术，当然离不开民间艺人。民间艺术的生命力，很大程度上，被民间艺人紧紧地握在手中。民间艺人，原本也是平凡的民众，却因有非凡的手艺，而变得不平凡。他们能用一根丝线，将宇宙天体尽收针下；能用一把凿刀，将大千世界于方寸之间呈现；能借一节枯木，绽放世间万物，诞生灵动之生命。凡此等等，不一而足。那些经过大浪淘沙留下来的艺术珍品，无一不凝聚着民间艺人的汗水和心血，乃至生命。从一定意义上说，就成了民间艺术家毕生追求之结晶。

因从事文联工作之缘故，我的身边就活跃着一批这样的民间艺人，活跃着一些颇具影响力的民间艺术家。我接下来要把读者朋友们的视线牵至长江边的一座小城：高港。介绍一下高港三种民间雕塑：毛庄石雕、世泽木雕和高港根雕。

从事石、木、根三种质地的雕塑，当然有着不同的工艺技巧，但民间艺人无一例外，都会使用到一种工艺：凿。无论是石料、木料，还是各种各样的根料，都离不开凿。去粗取精，需要凿；精雕细琢，更需要凿。一把普通的凿子，抑或錾子，在民间艺人手里仿佛有了灵性，与叮咚敲击的小锤，构成一个完美组合。时而石花飞溅，电光闪烁；时而木花飘洒，木香四溢；时而……就是在这一凿接一凿的开凿之中，一件件饱含艺术生命之作，在民间艺人手中如花绽放。

也许，你还不知道他们姓甚名谁，但你不会不知道镇江的金山寺、扬州的大明寺、常州的天宁寺吧？还有那瘦西湖内的二十四桥，那闻名遐迩的葛洲坝，凡此等等，不一而足。在那些名寺名桥、名山大川等诸多名胜之中，矗立着多少石像、石狮、石坊、石碑、石柱……也许，你曾于某个朝霞初升的清晨，在这些石像、石坊前驻足凝望；也许，你曾于某个残阳如血的黄昏，在这些石像、石坊前徘徊徜徉。我想，你一定记住了它们的栩栩如生，记住了它们的灵动飞扬。可是，我可以武断地说一句，如果你不是当地人，你肯定不知道，这些美轮美奂的石雕，皆来自高港一个叫毛庄的江边小村落。

亲爱的读者朋友，你千万别小看了这个江边的小小村落。这里从事石雕工艺，至今已有300多个年头矣。

这里既称为“毛庄”，自然是以毛氏家族为奠基者。据说，毛庄一世祖毛英，祖籍河南开封，其父为元朝官员。于明洪武初年，因避战乱举家迁至延令柴墟，曾属泰兴市，现划归高港区，至此，掀开了毛庄的历史。至清康熙年间，毛家开始从事石雕工艺，到毛家第十二代子孙毛凤皋这一辈，他已经成为一代出色的石雕名匠，正是由于他的努力，而开创了毛庄石雕的品牌。

毛庄石雕制作分为粗工制作和细工制作两类。桥面、桥墩、简易桥栏，石牌坊中的石柱、石梁，民间用的石磨、石锁、石鼓、石凳、石砖、石板等，均属粗工制作；而石板浮雕，立体石刻造像，各种精致小件，都是细工制作。

无论是粗工制作，还是细工制作，都是以手工为主，先后要完成40多道工序。接手一项工程，石雕工匠当然要根据工程要求，设计构图，看石选石，之后方能进行工艺制作。这一阶段主要有制石、加工、打磨三大步骤。

先说制石。选择大致相宜的石料，削去不必要的棱角，去除多余的部分，之后进行“修边”，再錾凿影线，使之成为块石。整个操作过程中，要注意的是，錾凿用力要适宜，要均匀，要注意到原料之纹理，不能让块石出现瑕疵，更不能使其出现裂痕。出现瑕疵，则完美度受损；出现裂痕，则石材报废，损失更大。如若是名贵石材，那损失就不是用金钱所能衡量的了。

再说加工。工匠通过“深錾”“镂空”等工艺手段，将块石加工成型，变成一件完美的石雕艺术品。在加工过程中，工匠要根据不同的石材、不同的作品，采取不同的工艺流程。不妨试看一例。

《群狮戏球》，在毛庄石雕众多作品中，是一件堪称精品的石雕壁画。制作《群狮戏球》时，工匠首先要注意的是顺序——从上而下，从左到右，从大到小，从首至尾。这样一个整体顺序，不能有一点变动。然后运用凿、刻、琢、削、钻、磨等多种工艺，进行艺术加工。加工过程中，尤其要突出群狮之主体，尽最大可能增强空间立体感。毫无疑问，狮子的雕刻，是作品成功与否之关键。其头部、肢体、眼睛、卷毛，在工匠的手中，都不能掉以轻心。必须让雄狮的威猛、母狮的温柔、小狮的活泼，跃然于画壁之上。

这就要求石雕工匠，将眼中之物，移至心中，变成心中之物，再将心中之物“思”“炼”成熟，移到手中，变成手中之物。这样一个移动变化的过程，需要石雕工匠发挥丰富的想象力、可贵的创造力，积极调动自己的技能积累。这也正是毛裕网、戴圣华、阚连祥、阚爱林等毛庄石雕传人在长期实践中练就的过硬才能，才能让他们的石雕作品享誉大江南北。

石雕作品完成主体雕塑之后，尚有最后一道工序：打磨。打磨也有“粗”“细”之分。浮雕，主要是用砂纸多次轻磨，以达到线条流畅，画面清晰。雕像，关键是面部、四肢以及各过渡连接处，都得极细心打磨，以消除雕刻硬痕。

常言道，百闻不如一见。诸君如果想深入了解毛庄石雕这门古老的民间技艺，不妨到江边小村毛庄来走一走、看一看。这里芦苇丛生，桃柳相间，阡陌纵横，农舍相挨，鸡鸣犬吠，俨然一处世外桃源是也。随处可见的石雕精品，会让你眼界大开。如若有幸遇上一两个毛氏石雕传人，听一听他们的诉说，那还真的是不虚此行呢！

与“毛庄石雕”以“村”命名不同，世泽木雕，则以其“世泽堂”之堂号而畅行于世。

“世泽堂”木雕品牌，原创于一代木雕大师帅文益之手。帅文益为“帅氏木雕”始祖帅仿乐之子，排行第三。据说，帅文益天资聪慧，写得一手好字、一手好文章，原本是有志于科举的，因时事变故，遂弃科举之途，而从父学艺，成为帅氏木雕第二代传人。

帅文益学艺不仅刻苦，而且善于观察、善于发现、善于思考、善于借鉴，结合当地民间风俗，将花鸟鱼虫、瓜菜果蔬等百姓喜闻乐见的题材引入雕刻作品之中，不仅为自己的木雕作品增添了浓郁的生活气息，而且让木雕作品呈现出诸如吉祥、平安等美好的寓意，广受当地百姓喜爱。

话说有一年春节，帅文益亲手制作了两个灯笼，悬挂在自家大门两侧。过年挂灯笼，原本是极平常的事，习俗而已。可聪慧的帅文益，让灯笼上有了“世泽堂”之堂号，在烛灯的映照下，很是醒目。就这样，“世泽堂”的关注度、美誉度随之进一步提升。

世泽木雕第五代传人帅春燕向我介绍，世泽木雕的制作，有着极其严格的工艺要求。主要有8道工序：选材、烘干、画稿、粗凿、细凿、修光、打磨、着色。然而，帅春燕又告诉我，能够进入程序规范的，都不是最难的。

世泽木雕非遗传承人帅春燕

无非是业精于勤，潜心修炼，假以时日，总有满师之时。如果要想成为一个民间艺术家，那么还真的是功夫在“工序”之外。

被他视为珍宝的《龙宫探宝》，是一件长2.8米、高0.6米的巨型木雕。这样一件超大的阴沉木坯料，从海南得来时就颇有一番传奇。其沉没海底数千年之后，居然到了他的手中，当然令他激动不已。在这件外形酷似一只展开翅膀的雄鹰的原料面前，帅春燕迟迟不敢动手。他进行过若干次的构思设计，但都无法令自己满意。终于有一天，他还是放弃了坯料栩栩如生的雄鹰造型，大胆地从坯料中部洞穴切入，于苍茫云海中雕刻出两条翻腾着的蛟龙。这龙的形象甫一出现，帅春燕眼前一亮，前后7年苦思之心血，终于得以完成。具有5000年历史的阴沉木，终于在他手中焕发新的光彩。这件荣获中国工艺美术百花金奖等多项大奖的作品，如今成了“世泽木雕园”的镇园之宝。

从一件作品的诞生，让我们看到，木雕艺人要创造出一件完美的作品实非易事。其间，个人技能固然重要，但技能之外的修养似乎更为重要。20世纪末，帅春燕在继承前辈传统的基础上，大胆创新，让木雕融入了现代元素和现代技术手段，形成了宗教、彩绘、窗花、屏风、根雕等12个系列品种，把世泽木雕作品的艺术性提升到了一个新的高度。

与一些“非遗”项目举步维艰的境况完全不同的是，世泽木雕显示着极强的生命力和市场影响力。目前，他们在北京、广州、哈尔滨、苏州等地建立了自己的营销基地和展示窗口，并且拥有了一支遍及全国的雕刻工艺大师创作团队。令人感到可喜的是，这些大师有的已经跨出国门，与法国、意大利、新加坡、日本等国

高港“根雕”

家展开合作，其作品亦已漂洋过海，在国际舞台上产生广泛影响。

让我有点小自豪的是，我也曾为帅春燕做过一件有益的事：以泰州市文联的名义，授予他“泰州市文艺名人”称号，并为他设立了“帅春燕木雕艺术工作室”。

最后说一说，高港根雕。高港根雕，如果不出现在高港，那肯定不能叫高港根雕。而即便现在已经被命名为高港根雕，如果回溯一下其发展轨迹，你会发现，其根雕制作技艺传入高港也太偶然了，而且似乎也不是那么靠谱。何也？因为这一切，皆源于一个7岁小男孩，某一次偶然对一段葡萄根雕的兴趣。

话说清朝末年，苏北盐城的阜宁县有户王姓人家，先后两代艺人苦心经营“王家花园”。而与王家有“世交”之谊的邻居仇家，因在高港一个叫龙窝口的地方开有商行，遂在自家的商行里出售王家花园的盆景、根雕。做成这件事情的，是仇家龙窝口“祥丰商行”的主人，名叫仇硕夫。于是乎，根雕方得以流入高港。

当然，根雕流入高港，并不等于根雕制作技艺就能流入高港。故事还得继续往下说。话说王家盆景、根雕制作第二代传人、年已古稀的王柏庭正为一件事情发愁。何事能让一个老人发愁呢？显然是技艺传承之大事。

人们常言命运天注定。话说得有些消极，但也并不是没有一点儿道理。你看，这仇硕夫7岁的儿子仇根初，某一天，就来到“王家花园”来玩耍了。这就有些意思了，原本一个7岁的孩子到一处花园玩耍是极平常的事儿，可他来的时候正碰上王柏庭老人为选徒弟的事情发愁呢！这个小根初，来的时间点有说法了。要么不是时候，要么正是时候。

如若是仅仅来“王家花园”玩耍一下，或许也不会给仇根初的命运带来什么改变。你瞧，这个小根初不仅来“王家花园”玩耍了，而且还对着花园里一件根雕作品产生了浓厚兴趣。这就又有说法了。你说，一个7岁的小毛孩儿，对一段“葡萄根”左看右看，这就不能不让正在发愁的王柏庭注意了。这下，仇恨初自己都不知道，他撞到王柏庭的“枪口”上了。

接下来的事情，无须细说，自然拜师收徒，7岁的小恨初从此走进了神奇的根雕世界。再后来，随着其父仇硕夫到高港安家，仇恨初自然也来到了高港。自此，高港就有了第一位根雕艺人。

可以说，成人之后的仇恨初对于根雕近乎痴迷。为守得一段树根，他一蹲守就是半天；为了高港南官河一处嵌石树根，他竟然痴守了7年之久；数十年来，他收集积累的根料，堆满了3间房舍；为了提高自己的技艺，他的足迹遍及泰兴、扬州、常州、无锡……如今已年逾八旬的仇恨初，在中共十八大召开前夕，还创作了根雕作品《盛世和鸣》，以表心迹。让人不禁感叹：善哉，仇老！

高港根雕制作技艺，在仇老的引领和潜心探求下，日益成熟，其工艺流程也在实践中得以规范和完善。

根材的选择自然是第一步。其要点有三：质硬、纹细、性稳，如黄杨、榉木、柏木、槐树、榆树、桑树、香樟之类。常言说，这人世间不缺乏美，缺乏的是发现美的眼睛。诚然如斯。要想选到好的根雕材料，也必须有一双慧眼。要能从被常人所忽视的沟渠边、圩埂上、老宅旁等，对那些“饱经磨难”的树根予以充分关注。哪怕是被人踩踏，被车碾压，被火烧过，被虫害过，被刀砍过，凡此等等，只要你从中发现出“稀”“奇”“古”“怪”来，便是根雕之上好材料也。

构思是任何一件艺术品魂之所系，根雕作品亦然。要做好这一步，如前所述，“功夫在诗外”。主要靠平时的观察、思考、积累，将多方面的学养在某一刻都调动起来，为构思所用。当然，根雕的构思，又有其特殊性。它还由不得你天马行空、恣意驰骋，需要根据根材的基础条件，来反复揣摩和思考，全面观察和把握，最后审形度势，确定整体方案。据说，老艺人仇根初手中有一百年树龄的红花檵木根料，一心想雕一尊郑板桥像，因没有满意的构思，已经搁置6年矣。

对根雕作品的处理，分截材、除垢、去皮、消毒、干燥5道工序来进行。因属纯技术性程序，故不作细述。

常言说，“七分天成，三分人工”。这似乎成了根雕作品创作的总体原则。这“三分人工”包含内容颇为广泛。其间，“雕琢”之工序不可忽视。完成雕琢的过程，实际上是巧借根料筋脉、纹理、皱褶、枝杈、凹凸、孔洞、瘤球等，进行精雕细刻，起到画龙点睛之效。具体可分为打坯、拼接、细雕、修饰、打磨、着色、上油、上漆、抛光、打蜡，计10道工序。

至此，对于一件根雕作品的完成，尚有两道辅助性工序有待完成：配座和命名。行百里者半九十。一件根雕作品，即使主体部分全部完成了，作品呈现出来的气象也很好，如果在最后辅助性工序上出问题，也不能诞生好作品。

配座看似简单，然大有学问。配座之材质、造型、色泽等要素，必须和作品本身相融合，起到很好的烘托作用，不能喧宾夺主，更不能对作品本身构成破坏性伤害。

命名之重要，不言而喻。因为多年在市文联工作的缘故，我常会出席一些展览。坦率而言，展览中的作品，在我看来，多数时候在“命名”上都是失分的。一个画龙点睛的名字，会提升作品本身的精、气、神，从而提升作品的境界，使作品得到进一步的升华，这无疑是对艺人综合素养的考验。这一点，完全靠师父指点恐怕是不够的，所谓“师父领进门，修行在个人”，不经过长年累月的摸爬滚打，想参透其中的道理，难矣。

有道是“长江后浪推前浪”。今年五四青年节前夕，由bilibili推出的知名演员何冰的演讲视频《后浪》，对年青一代给予了寄语与赞美，短时间内就有了逾千万的播放量，很是火了一把。对于《后浪》，我是持赞赏态度的。不止于此，对青年一代，我一直满怀希望，满怀信心。因此，当袁永亮颇为自豪地告诉我，1973年出生的他，多年前就已经成为高港根雕的第四代传人，我是为他感到自豪的。我知道，他已有100多件精品问世，诸如《吼》《回眸》《绝代双“蛟”》《孔雀开屏》等作品，均已产生广泛影响。

我相信，作为年青一代的传承人，袁永亮定能续写新的传奇，他那把从前辈手中接过来的凿刀，定能开凿出璀璨的生命之花。

2020年5月22日于金陵水佐岗

希冀，在水上诞生

06

河汉上，极难见桥。而各式各样的小船，趟鸭一般，三五成群，漂荡在水面之上。

“出门见水，无船不行”这样的表述，在很长一段时间里，我以为，说的就是我的老家兴化。后来有了走南闯北的经历，才知道，并不只有兴化是这样的生存环境、地理环境。那些美丽如画的江南水乡，如此；而那更富盛名的意大利威尼斯水城，亦如此。当我乘坐着贡多拉，在威尼斯水城悠然而行的时候，我是无论如何也想不到，几年之后，这里的贡多拉，有些竟然是出自我家乡的工匠之手。

说起来，我老家兴化的水和船，还是有着与其他地方不一样的风貌。早年间，兴化的河道如野藤般乱缠。河汊上，极难见桥。而各式各样的小船，趟鸭一般，三五成群，漂荡在水面之上。这样一来，在兴化乡间，村民们似乎与生俱来地多出一种本领：使船。

我的同乡，著名作家毕飞宇就曾经说过这样一段话：“河流就是我们的路，水也是我们的路。兴化人向来是用手走路的——两只脚站在船尾，用篙子撑，用双桨划，用大橹摇。运气好的时候，就是顺风的时候，你就可以扯起风帆了。”从毕飞宇这段话中，我们不难看出使船的四种形态：篙撑，桨划，橹摇，还有帆扬。当然，实际生产生活中，还有一种形态是纤拉。兴化人真正拉纤的时候并不多。

船，成了兴化村民们出行、劳作必需的重要载体，在日常的生产生活中不可或缺。正因为如此，一个重要的行业便产生了：造船。一些能工巧匠专门干起了制作木船的行当。其中，又以竹泓镇的木船制造最为有名。毫不夸张地说，竹泓镇的能工巧匠们，硬是在叮叮咚咚的敲打中，将原本小小的木船，敲打出了一个颇具特色的产业，让竹泓声名远播。

竹泓镇古称竹横港，据说范仲淹在兴化为官修筑那条著名的“范公堤”之前，它曾经是一个出海口，因有巨竹横挡港口而得名。至清代，当地有一儒生，从本地水势深广之地貌，将“竹横”，改名“竹泓”，一直沿用至今。

周氏是竹泓最大的木船世家。当年72把斧头扬名苏北的佳话，至今仍让周家子孙津津乐道。到周永才，周家制造木船已经有了五代。造出竹泓最了不起的木船，是周永才心中多年以来的梦想。正因为如此，他和周永干，成了周氏木船制造两个不同类型的传承人，实际上也成就了竹泓木船制造领域两个不同类型的代表性人物。

竹泓木船

2012年，周永才第一个把家庭作坊迁到镇木船园区。他建造的贡多拉、欧式木船等新式旅游船，在“一带一路”沿线国家赢得大笔订单，一时传为佳话。2018年，电视剧《如懿传》热播，片中皇帝和皇后乘坐的两条豪华古船，气势巍峨，全然皇家气派，便是出自周永才之手。不难看出，传承创新，是周永才孜孜以求的目标。在这一点上，他已经跨出了可喜的一步。

在周永才制造的豪华古船美誉度大幅提升的时候，他又发豪言：要建造中国当代第一艘以风帆动力航海的郑和古船。此言一出，在当地民众中引发热议。这就让我不得不再向读者朋友们推荐周氏木船制造的另一位代表性人物：周永干。

周永干向我们介绍，竹泓人原本制作的木船，多为直接用于百姓日常生产生活的农船、渔船、渡船之类。船体总体上偏小，由船头、中舱和船艄三部分构成。在船头舱和船艄舱内还可隔分出“活水舱”或“小夹舱”。船底，也是由前、中、后三大部分组成。前底，又叫作“前挡浪”，由13块横板拼接而成；后底，与前底相对，则叫作“后挡浪”，由17块横板拼接而成。这样的做法，正应了“前十三（十三太保），后十七（十七大吉）”的说法。

中舱船底是船底的主要部分，由竖板拼接而成。小船用竖板5~7块，大船用竖板9~11块。其中心板两侧的两块板必须用对开圆木，且圆面朝下，作为船底的筋骨，以增加整个船底板的牢固程度。

船帮前后贯通，不分段。一般用6块长板组拼而成。这船帮的帮板，因其所在的位置不同，而有着不同的名称。靠船底一块帮板宽度为13厘米，叫“水校”；“水校”上一块为“旱校”；“旱校”上边便是由对开圆木做成的“大纳”，其圆面朝外；“大纳”上边是“籂板”；“籂板”上边是“插子”，用以翘起船艄；最上边又是用对开的圆木做成的“碗板子”，也叫“盖口子”，其圆面朝上。与“碗板子”相应的前后挡浪结顶的地方，也各有一块用对开圆木做成的“横梁”，也是圆面朝上。前挡浪处的“横梁”，叫“前颈头”，也叫“头颈”；后挡浪处的“横梁”，叫“后颈头”，也叫“艄颈”。

中舱前后各有一道隔舱板，也叫“横梁”。其结顶处是一块较厚的平板，叫“面梁”。“面梁”正中开一洞口，或方或圆，叫“桅眼”。开桅眼时，船主家得给钉船的木匠师傅包上一个“喜封儿”，以求得将来新船下水之后，顺风顺水，桅正船快，一帆风顺。

船体长度以中舱为准，前、中、后三舱均匀，唯有船头要略长7~10厘米。不妨以丈八小船为例。中舱长2米，舱口宽即为1.3米。船底宽83厘米，船邦高43厘米。如若按照“七折头，八折艄”的说法，前颈头为舱口宽的七折，那就是93厘米。后颈头为舱口宽的八折，即1米多一点。

周永干告诉我们，如若订制七八吨以上的大船，除了放样，将各部尺寸相应放大外，还须另选桑、榆等杂树做“龙卡”“龙骨”，用铁螺丝扭出船体骨架。这样一来，船体才能收紧、加固，才能拿得上劲。

大船的结构变化比较大，船体大致有八九个部分，最前端的“尖头”，支架绞关处的“方头”，竖立桅杆处的“桅舱”，放生产工具的“大舱”，存放粮食的“粮舱”，贮存淡水的“水舱”，住人的“房舱”，做饭的“伙舱”，安装机器为船提供动力的“机舱”，诸如此类。舱面均铺有“艎板”，“艎板”与“艎板”之间，有缝隙时得用“碾槽”，搁在下面等漏。“碾槽”是用与艎板等长的对开圆木，将其平整的一面用槽刨刨成凹槽而成。

船舱上面，船棚的搭建则是根据生活、生产的需要来进行的。棚板可以固定，也可以采用“碾槽”的方式来断漏。前舱、后舱均设有两根“挽锚桩”，如有需要还可加副桩。船艄设舵，船顶设驾驶室。

钉船所需材料主要是木板材。大船用板材厚度在3厘米往外，小船用板材厚度则在此基础上打个七折。要把选定的圆木料，变成可用的板材，头一道工序便是破板材。先前的工匠作业的机械化程度相当低，绝大部分都靠手工。这破板材，无电锯，只能靠手工拉锯。手工拉锯前，先得用墨斗、划齿按实际需要的厚度画线、弹线，之后才能架码、拉锯、破板。

周永干颇为自豪地说，在木船制造过程中，工匠师傅的十八般武艺，都要一一亮出。大锯刚刚退场，刨子便登上场来。工匠便要将锯分开来的板材，其拉锯的一面，用粗刨子刨平整，再用细刨子出“细”，刨光。之后，再根据实际需要的长度、宽度、厚度、角度，做成成品板材。

拼板，讲究的是“先放眼，再放钉”。早先的工匠，完全靠手工打眼，绝对是个技术活儿。稍有不慎，手上不稳，钻头便歪了。眼放坏了，一块上好的板材就浪费了，怪可惜。只有眼打好了，掺钉才派上用场。船帮、船底、隔舱等船体的拼接，全靠这种大头尖尾的铁钉。船体各个部分都拼接而成之后，方可进行下一道工序：“投船”。

投船的程序如下：先将中舱底板与前后隔舱板进行连接，再将两边船帮与底板、隔舱板连接，然后用麻绳、扒箍、拉夹、盘头、走煞、尖头刹等工具将船头和船艄勒紧，与前后浪板连接。值得注意的是，这时必须将挡浪板与船帮板缝隙错开。用钉船的行话说，长缝不对短缝。这跟建房时砖头与砖头错开“咬缝”一个道理。

投船所用的钉有两种：一种弯头尖尾的爬头钉，一种扁头尖尾的扁头钉。投船所用的“锔”，则是各式各样。有“一字锔”“扒缝锔”“吊梁锔”“万字锔”“穿边锔”“葫芦锔”，凡此等等。正因为有“钉”和“锔”，所投之船，牢固才有保证。

周永干告诫说，不要以为船体组装完成之后，就万事大吉了，还有两道技术活儿在等着工匠们呢，这就是断漏、防腐。这两道工序做得如何，直接影响船的使用安全和寿命。断漏的功夫在“打麻”，防腐的功夫在“油船”。

周永干现场演示起打麻的工序。但见他将水泥与桐油和在一起，边调边捣。待水泥呈油腻状之后，方才停手。他介绍说，这叫“碾灰”，非调匀捣熟不可。之后是“填灰”。顾名思义，是将“油灰”填进船体的各个缝隙之中。填灰的用具，是用毛竹片削制成斜凿状的“灰齿”，硬度和弹性都好，能保证填灰到位，够密度。碾灰、填灰完成之后，方可进行下一道重要工序——捻缝。

只见周永干将事先准备好的一股一股的麻丝，附着在板缝外，再用钝口镰凿，将其嵌入填满了油灰的板缝中去。这时候，周师傅边使用镰凿，边用小锤敲打起来。叮咚，叮咚，伴随小锤的敲打，船体有些许震动。可以感受到的是，周师傅敲打的节奏均匀，力道掌握适当。

周永干边操作边介绍。打麻，讲究的是“三进三出”，直至将麻丝打碎在缝中，与油灰完全绞合、胶黏在一起。使用工具，不止是他手中的钝口镰凿，还要用上快口镰凿，轮番在缝内外对打。“打”的过程中，工匠必须把麻丝股儿锤熟，理顺。

最后一步是“封口”。用油灰将每条打熟的缝口刮平整，待其干透之后，一条条“骨子缝”便成了。封口之后的“骨子缝”，油灰已变得坚硬如石。周师傅说，用上数十年都不会漏的。

“油船”是防止船板腐烂，保证船体经久耐用的重要手段。主要有三种：“上底油”“罩面油”“打晒油”。上底油，是针对新造船只而言，底油要上足上好，要来回上个五六次才行。否则，这船就会先天性不足。罩面油，便是跟在底油后面的一道工序。用老油上个一两次，便成。打晒油，一般是针对不需要上岸大修的大船而采取的措施。只要将大船在岸边吊起半边，洗净晒干后即可上油，省工、省时、省力。

这样一套繁复的木船制造工艺，周永干已经坚守了十多年矣。在他看来，身为周氏木船的长者，又是竹泓木船非遗传承人，自己有责任谨遵祖训，把老祖宗遗留下来的传统工艺传承下来。不止于此，他还梳理出几十项传统工艺制作标准。多年来，不管外面怎么变，周永干总是用比别人长很多的时间去打磨一艘船。那双长满老茧的手，无疑成了他坚守祖训的最好证明。看着他手中拉长的缕缕麻丝，人们似乎看到了他绵延数十年的不懈坚持。

熟悉木船制造这一行的都知道，周永干最开心的时刻，便是新船下水。此时，有一套仪式要做，绝对不亚于新房“上梁”。首先是给新船披红挂绿插金花，给挡浪板贴上“福”字之类。然后要燃放鞭炮，祭祀神明。讲究的人家祭祀时要有猪头、雄鸡和鲤鱼，俗称“六只眼”。这一仪式也叫“吉水”。

前来提船的主家，也会入乡随俗为工匠们准备一份“红包”，以表谢意。工匠们面对着自己的劳动成果，喜悦之情溢于言表，便有吉祥话送上：

大船吉水喜气洋，
各路财神来登堂。
顺风来，顺风往，
金银财宝满船装。

在鞭炮齐鸣、一派喜气之中，新船下水，给主家带来的是新生活的美好希望。

而这一切，已无法满足同为周氏木船传人的周永才心中愿望矣。他豪言既出，便停下了手中所有订单，开启了研制“中国当代第一艘以风帆动力航海的郑和古船”的全新目标。内河的远方，便是海洋。周永才能否将自己的希望之船，驶向浩瀚的海洋呢？我愿为他奉上深深的祝福！

说完了竹泓木船和周氏两位传人，接下来再说一样跟船挨得很近的工具——车。读者朋友们不要被我误导，此车非彼车。我这里要说的，是一种农田灌溉工具，正规说法叫龙骨水车。先要申明一点，这种龙骨水车，在如今的兴化已极少见到了。

早年间，兴化的田野上，时常可以见到高矮不一、大小不同、形状各异的龙骨水车。那水车，夏天隐于绿荫，或为碧青的庄稼地所遮掩，或为浓绿的村树所藏；秋冬则兀立于田野、圩堤，或为浓霜点染，或为冰雪装扮。远远望去，为乡野的清秋严冬平添些许肃杀、苍凉的景象。

兴化水乡一带，常见的龙骨水车从动力来源上可分为两类：一类是风力的，另一类是人力的。风力水车其动力来源靠的是风，一有风，只要给水车挂上风帆就成，挺省事。风力水车可分为大风车和洋车。

大风车出现于南宋年间。民间的能工巧匠从帆船和海鳅船上得到启发，把船帆和大轮盘用到了水车上。在手杆泼车的基础上，发明了一种新型立式风车。这种风车，在直径3米至6米的底盘圆架上，竖8根篷杆，篷杆上挂8面风篷，操作风车的人，根据风力大小，来决定风篷的升降，以保证风车安全正常运转。据说，这样一座风车，在中等风力情况下，一天可灌溉五六十亩水田呢，效率还真是不错。

洋车，是清代一个名叫花桂花的兴化人，在“大风车”的基础上改造成的一种卧式风车。关键部件有天轴、站轴、布篷、叉木、车凳、轮拨等。其最大特点是可移动。随时根据风向变化，移动叉木便可车水。而“大风车”则做不到这一点。中华人民共和国成立之后，兴化人又提出了“铁代木”“拐改齿”“站芯换轴承”的风车改革设想，研制出了更为先进的铁风车。这种风车，一天灌溉水田可达100亩至120亩，被视为国内农田灌溉的一大创举。

风力水车，先进是先进，然值得讲述的东西并不多。人力水车就不一样了，所有部件都为人工制作，每个部件紧紧相连，构成一个完整的动力传输系统，体现的是工匠的智慧。

人力水车，顾名思义，是靠人力提供动力的。与风力水车相比，无风帆，架子小。人力水车又可分为脚车和泼车。脚车的动力来自人的脚踏，带动槽桶中链轴上的“佛板”，便可向上提水。脚踏车一般五六个人为宜，少时两三个人也可以操作。泼车，也叫手杆车。是一种靠人力推磨一样，来推动轮盘，带动地轴转动，将动力传输到槽桶里的链轴上，以达到提水的效果。

现在兴化的乡间，能见到的人力水车大多为脚车，靠支撑的架子、一根转轴、一副翻水用的槽桶组成。那架子多半安置在田头圩堤上，临近河边。两根竖杆在地上固牢了，在适宜的高度，绑上根横杆，供踏水车的人伏身之用。竖杆、横杆质地多半为村树，并不考究。只是横杆不宜太粗，粗了担分量，再伏上人，竖杆就吃不住劲儿；亦不宜太细，细了担不了分量，伏上人，杆便会断，人摔下来，弄不好会受伤。

转轴便是安装在这架子的正下方，稍稍离地，能转就行。转轴多半挺粗大的，虽为木质，却不是村树所制。每制此轴，工匠均得精选既粗且直的上好木料，因为转轴中间要安装钵轴。钵轴比常见的洗脸盆还要大，扁圆形，通常是用陈年大树根段制成，整块的，挺沉。

踏过人力水车的都晓得，这钵轴，沉好，转起来有惯性。钵轴上安了一颗颗“齿”，短且粗，恰好与槽桶里的链轴咬合，将动力传递给槽桶里的水斗子。

这里还有一个细节：安“拐”。试想，那光杆转轴，人纵有再大的力气，脚踏上转轴，也难以使其转动。于是，除了中间装有钵轴，在整个转轴上，钵轴的两边，均安有叫“拐”的玩意儿。

在转轴上凿好洞口，插上粗短的杆，再在杆的顶端加个挡，一个形似小“木榔头”的“拐”便成了。这“拐”在转轴上的分布挺考究，不得随意安装。要对称、均匀，这样踏起来才上圆、谐调。因而，给转轴凿洞口，那得工匠事先盘算好了才行。有了“拐”，踏水车的只要脚一踩到上面，转轴便转起来。

槽桶在人力水车中，虽说不是至关要紧的部件，但成效是由它来体现的。若是没有那长长的敞口槽伸到河里，没有槽桶尾部小钵轴，没有槽桶里长长的链轴上的块块“佛板”制成的小斗子，定不会有汩汩的河水车上岸，流进干涡的农田。

说到这里，有一点需要特别交代一下，水车伸展至河中的槽桶里，那装有“佛板”的长长链轴，其形颇似龙骨，兴化“龙骨水车”之名，源出于此。

踏水车，讲究的是伏身横杆要轻，脚下踩“拐”要匀。与众人要默契配合、步调一致。唯如此，方能省力而灵巧地转动水车。否则，定会洋相百出。这中间最常见的，便是“吊田鸡”。尽管双手还握着横杆，然身子已弯，两腿更是缩成青蛙常见的形状，活脱脱一只“田鸡”吊在横杆上矣。这些早年在兴化农村生活过的插队知青，多半是有体会的。就连当地土生土长的农民，踏水车时，也不敢百分百打包票，说自己肯定不会“吊田鸡”。

开秧门时，给栽秧田上水，这人力水车算是派上了大用场。天没亮，女人们去秧池田拔秧苗，几个男劳力便按照分工踏水车。

几个要强的男人，一上水车，脚下便虎虎生风，转轴飞速盘旋，只听得哗哗的河水，翻上堤岸，下了秧田。用不着几袋烟工夫，原本还黑乎乎的田里，变成白茫茫、水汪汪一片。等到拔秧苗的妇女到田头时，天已大亮。此时，十几个妇女呈“一”字儿在水田里排开，开始栽秧。水田里多了红红绿绿的花头巾、花衣衫在移动，踏水车的男人们，情绪便来了。这当儿，栽秧号子便在水田上空响起来。

一块水田四角方，

哥哥车水妹栽秧，

要想秧苗儿醒棵早哟，
全凭田里水护养。
啊里隔上栽，啊里隔上栽，
全凭田里水护养。

不知哪家媳妇嗓子里钻进毛毛虫，发痒了，亮开喉咙，开了头。一个开了头，没有不和的理儿，更何况，水车上那帮男人呢。你听——

一块水田四角方，
哥哥车水田埂上，
妹妹栽秧在中央，
妹妹心灵手又巧哟，
栽下秧苗一行行，
好像栽在哥的心口上，
啊里隔上栽，啊里隔上栽，
哪天和妹配成双。

唱着唱着，栽秧的大姑娘、小媳妇们便笑闹起来。平日里，一句话只消半天工夫，便能传遍整个村子的，谁家不知谁家那丁点子事。于是某家姑娘相上了某个小伙之类的事，就会在这群女人间传开。有在场的，闹将起来，相互揪打着，玩笑过了头，跌在水田里，泥人儿似的，也不是没有发生过。

这秧田里一闹，水车上的男人们自然不会安神。于是，踏着踏着，走神了，脚下跟不上“趟”，脚被“拐”打得生疼的，只好出洋相，“吊田鸡”矣。

就在这嬉闹之中，日头渐渐升高。朝阳下，原本水汪汪的水田里，出现了疏密有致的秧苗儿，竖成线，横成行，绿生生的，布满水田，那个鲜活劲儿，活脱脱一群生命呢。望着充满生机的水田，劳作的人们眼中毫不遮掩地生出几许渴求、几许希冀。

2020年5月25日于金陵水佐岗

『花灯』『高跷』：让新年多彩多姿

07

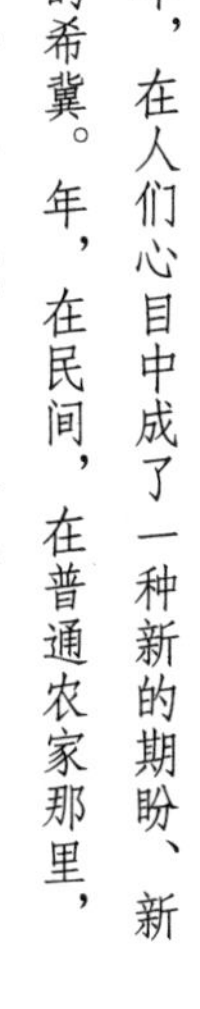

年，在人们心目中成了一种新的期盼、新的希冀。年，在民间，在普通农家那里，变得多彩多姿，生动极了。

年，在国人心目中的重要性，不言而喻。年是国人特有的节日，西方的“圣诞”似不可比拟。“爆竹声中一岁除，春风送暖入屠苏。千门万户曈曈日，总把新桃换旧符。”宋人王安石这首《元日》，可谓妇孺皆知。

过年则是国人特有的传统习俗了。祖祖辈辈，年复一年，延续了几千年的时光，那则关于“年”的传说亦随之流传至今。

说不清从何时起，过年渐渐远离了那则传说，贴春联再也不为躲避那怪兽的袭击了。年，在人们心目中成了一种新的期盼、新的希冀。年，在民间，在普通农家那里，变得多彩而多姿，生动极了。

在我老家兴化，每到过年，乡亲们便喜气洋洋，放爆竹，舞龙灯，摇花船，踩高跷，敲锣打鼓，好不热闹。

你或许见过民间表演中的“花船”，或许见过民间

沙沟“摇花船”

表演中的“花灯”，或许见过民间表演中的彩装，但你见过真人彩装置身于“花船”，且能够游走的“花灯”吗？

如若没有，那么请你在元宵节时，到兴化古镇沙沟来吧！来看一看，美极艳极，色彩斑斓，风情四溢，独具特色的沙沟游走灯会。

说起来，我国民间素有元宵节看花灯的习俗。每年的正月十五，便是民间闹灯会、看花灯的好日子。这一天，也就成了花灯的海洋，花灯的节庆日。与此同时，在花灯璀璨的光影里，别样的种种精彩亦在悄然上演。这一天，也成了情人相会的日子。

有一出名叫《夫妻观灯》的黄梅戏，堪称经典。你听——

王　妻：正哪月十呀五，闹啊元宵呀呀子哟，火炮哇连天门哪前绕，喂却喂却依喂却，喂却冤哪家舍呀嗬嗨，郎啊锣鼓儿闹嘈嘈哇。花开花谢什么花黄？

王小六：兰花黄。

王　妻：么花香？

王小六：百花香。

王　妻：兰花兰香，百花百香，相思调儿调思相，我自打自唱自帮腔。咦嗬郎当呀嗬郎当，瓜子梅花响丁当。

……

你再听——

王小六：夫妻二人城门进，抬起头来看花灯。东也是灯，西也是灯，南也是灯来北也是灯。

王　妻：四面八方闹哄哄。长子来看灯。

王小六：他挤得颈一伸。

王　妻：矮子来看灯。

王小六：他挤在人网里行。

王　妻：胖子来看灯。

王小六：他挤得汗淋淋。

王　妻：瘦子来看灯。

王小六：他挤成一把筋。

王　妻：小孩子来看灯。

王小六：他站也站不稳。

王　妻：老头儿来看灯。

王小六：走起路来戳拐棍。

黄梅调悦耳动听，自不待说。演员表演生动诙谐，情趣满满，令人捧腹。这一出传统曲目，至今仍是“网红”，说来跟吴琼、李恋两位精彩的演绎不无关系。

有道是“月儿弯弯照九州，几家欢乐几家愁”。王小六和妻子一起逛进汴梁城观了一回灯，好不开心。而欧阳修笔下的那对才子佳人，则没有王小六这对小夫妻幸运矣——

去年元夜时，花市灯如昼。
月到柳梢头，人约黄昏后。

今年元夜时，月与灯依旧。
不见去年人，泪湿春衫袖。

难怪有人主张将元宵节定为中国的情人节，而不是每年的2月14日。实在说来，这西方的情人节，跟国人半毛钱关系都没有，还真不如这元宵节。

元宵节灯会，当然不只是北宋有，北宋也不只是汴梁城有。其流传之久远，传播范围之广，完全可以载入吉尼斯世界纪录。现如今，就全国范围而言，声名远播的灯会还真不少。京城灯会、自贡灯会、南京夫子庙灯会、扬州灯会、海宁灯会，如此等等。

与这些灯会相比，沙沟游走灯会的知名度似乎不及。可只要你来沙沟观看过这里的灯会，就一定会喜欢上其特有的表演形式："游走"。就一定会喜欢上"游走花灯"。

地处兴化西北部水乡的沙沟，是中国历史文化名镇。有"诗书画三绝"之誉的扬州八怪代表人物郑板桥，曾在此坐馆。把地球比作母亲，称祖国为“年青的女郎”。大名鼎鼎的郭沫若，曾为沙沟镇人民医院题写过院名。

古镇还有一处特别的所在——厕所。诸君可别小瞧了这处所在。它可是兴建于明末清初，亦算是有些年头矣。况且，此厕非常厕，呈西式建筑风格，在古色古香的沙沟古镇上，十分抢眼。我曾在长篇小说《浮城》中作过较为翔实的描述，不妨摘录于此：

> 这座古厕青砖黛瓦，正门朝南，门洞下面呈长方形，上面呈三角形，四周有转线装饰。装有对开的“洋门”两扇，门的两边各开一个长方形木制窗户，上部用多层线脚砖做成弧形并挑出。墙的下部用小六角磨面砖铺贴，四周用半圆砖做线镶制成镜框式样。南立面和西立面砌有几个墙垛，上方间隔有凹凸形线脚，类似花瓶的瓶颈束腰。西立面山墙上亦有4个洋式窗户。
>
> 古厕内有一方小天井，天井东边有一个仅容一人如厕的蹲坑，西边则是个小便池。再往里去便是“坑厅”，设有长恭凳，恭凳后面是根长护杆，以

防如厕的人不慎跌入坑中。恭凳可容纳6人同时如厕。恭凳中间和两侧各设一个柏木短搁几，几面下的牙板上雕有如意花纹。如厕的人可一边如厕一边抽着水烟，水烟壶之类的用具可放置于搁几上，方便实用。恭凳前面东侧还摆有方便厕者的净手铜盆、香熏炉具等器具。

当然，更为沙沟人所津津乐道的，则是当地美食“沙沟三宝”，即大鱼圆、水粉炒鸡和藕夹子。其中，名气最大的要数“沙沟大鱼圆”。有一年，来自全国各地参加“全国里下河文学流派研讨会”的专家学者们，就曾在古镇当街品尝过新鲜出锅的大鱼圆。外黄内白、鲜嫩诱人的大鱼圆，让一群原本钻在象牙塔里的斯文人，一个个手持牙签戳上鱼圆，边咬边赞叹：好吃！实在是好吃！一只显然不够，返身再戳，惹得同伴高喊，结过账啦！店主家乐呵呵地回应，不用付钱！几只鱼圆，本店招待得起！

此番同行者中，就有写过沙沟大鱼圆的庞余亮，他与我有同乡同窗之谊。对于沙沟大鱼圆，庞余亮这样说：“上苍似乎要用最鲜美的鱼圆来安慰这寂寞的古镇。

论鱼圆之美味，沙沟鱼圆天下第一。或者，是并列第一。沙沟鱼姓的多（应该是沙沟的原住民），会做鱼圆的多，还有，湖里的鱼太多了。刚刚出锅的在青花瓷盆中颤动不已的大鱼圆啊，如枇杷一样新鲜！"

沙沟"游走灯会"

诸君是否垂涎欲滴矣？且慢！现在轮到我转入正题，说一说沙沟游走灯会也。

沙沟游走灯会，每年举办两次，分别为正月十五和二月初二。灯会当日，不用说十里八乡的乡亲，甚至是大江南北的看客，都会纷至沓来，观灯赏灯，感受沙沟游走灯会那一份特有的美妙。其时，沙沟镇的水面上，舟楫穿行，集镇四周的河岸边停满了前来观灯的大小的船只。大街小巷上，早已是张灯结彩，色彩斑斓，人流穿梭，一派繁忙。此时，镇街上那座名头极响的西洋厕所，只能暂时被冷落啰。人们一改以往对其的好奇，注意力全放在了“花灯”之上。

沙沟游走灯会上的“花灯”，还真值得一说。

与其他地方花灯的局部“活”不同，沙沟灯会上的花灯，可整体移动。其花灯主体与“花船”仿佛。每组灯都在讲述一个独立的故事，由真人彩装扮演。辅以各式人物所需之道具，再加之衬景布幔、辅助烛灯之类，整个灯体流光溢彩，绚烂艳丽。那些栩栩如生的人物，在“花船”之上徐徐前行，乍一见，着实令人称奇。

然而，道破“天机”之后，并无多少玄机。“花船”的布幔所绘人物肢体，只是一种假象。“花船”的移动，多靠彩装真人自己行走，只是“走”被掩盖在了布幔之下。

沙沟灯会，既称为“游走灯会”，就有了和出庙会一样的形式——“出灯”。出灯时，当然少不了着武士装、舞长练火球的开路先锋。游人见火球飞旋，火星四溅，自会退让。

两名高举头牌的“衙役”，紧随其后。头牌为镂空龙凤呈祥图案的盒灯。头牌后面，紧跟着六书艺人组成的乐队。乐队所奏曲牌有喜临门、点将台、百鸟朝凤之类，音调甚是高亢、悠扬。

沙沟游走灯会的头班灯为“五星赐福”。此乃惯例，雷打不动。但见福禄寿三星，脚蹬彩云，与仙鹤、驯鹿相伴，仙气四溢。寿星捧仙桃，福星执“五星赐福”四字匾。彩灯四周，烛灯闪烁。8位身着彩服、手持祥云彩灯的美少女，围绕着彩灯不停旋转，让三星犹如置身于朵朵祥云之中，如梦如幻。

此后由什么花灯出场，并无定例。由各行会的会长事前商定，每次灯会出灯顺序都不太一样。大致有“八面牌匾灯”“西湖塔伞灯”“拷红灯”“八仙灯”“鹊桥灯”，凡此等等。名目繁多，题材丰富。若从灯形来算，沙沟灯会的花灯有近百种，恕不一一列举。

出灯队伍中，每两组花灯之间，有锣鼓夹行。花灯前行时，有“咚咚锵”“咚咚锵”的锣鼓声相伴，不致让出灯悄无声息，增添些喜气。

明眼人定能看出，沙沟灯自会有其亮色。其一，灯中有戏，戏内有灯。舞台上的戏剧元素与彩灯完美融合，美轮美奂，恰似一出出活剧。其二，机关巧置，制灯技高。借“花船”之形，巧置各种机关，花灯让人耳目一新，却又不漏彩，极具观赏性。其三，真人彩装，栩栩如生。灯中有真人，人走灯随行，人灯又一次完美融合，天衣无缝。其四，地域特色，水乡风情。荷藕莲菱，鱼虾蟹蚌，应有尽有，皆入得灯会。游人见之，浓郁的水乡气息扑面而来。

如此独具特色的灯会，其历史可溯至明代。明以前的沙沟称作“沙溪”。那时的正月十五，沙溪人只是扎些小提灯，或门前自挂，或给孩童玩耍。相传，明嘉靖年间，有位名叫万云鹏的右布政使，从福建任上告老还乡。他在外为官几十载，可谓见多识广。经他提议，从当地多水、镇小、巷狭等实情出发，以出会名义搞彩灯游走，娱乐百姓，增添节日之喜庆。

万布政使提议既出，当地商贾应者云集。由商会牵头，各行会游走花灯纷纷兴起。行会之间比强争胜，花灯一个比一个精彩。于是乎，原本荡湖船的一些戏文故事、风土人情，为花灯表演所吸收，让沙溪灯会有了与其他灯会不一样的风貌。

也多亏了旧时的沙溪，聚集了一大批篾匠和纸扎高手，让彩装花灯变为可能。沙沟彩灯的主体骨架，为竹篾弯曲成所需形状，经绑扎而成。主体布幔为仿绸布，道具则是用白纸裱糊。花灯内的烛灯设置，讲究有三：一要透光照明，二要防止点燃，三要不烫伤彩装真人。在彩灯制作过程中，彩装真人在花灯中的位置，显得至关重要。

彩灯裱糊完好之后，尚有两道工序：一是在纸面上刷一道矾水，阻燃；二是给彩绘图案作部分镂空处理，使其造型更加灵活生动。

沙沟游走彩灯，还有着每逢盛大庆典"出会"之传统。近代以来，"出会"4次：1946年正月，沙沟市委、市政府庆祝民主政权成立一周年；1952年10月，庆祝中华人民共和国成立3周年；1964年，庆祝兴化县贫下中农代表大会召开；1969年，庆祝中国共产党"九大"召开。顺便说一句，别看沙沟现在只是个"镇"的建制，历史上曾设过"市"的。诸君见"沙沟市委、市政府"之字样，不要以为是笔误。

如果说色彩艳丽的"花灯"让新年变得更加多彩，那么动感十足的"高跷"则让新年更加多姿，充满活力。

与象征着祥瑞之兆的狮子相比，龙的象征意义则更为强大。国人都自诩为“龙的传人”，龙成了中华民族始祖之象征。然而，与狮子不一样的是，狮子在自然界确有存在，而“龙”则是多个动物形象的杂合体，在自然界并不存在。它源于祖先祈求风调雨顺、幸福平安之虚构。即使是虚构的形象，也不妨碍我们倾注巨大热情来崇拜它、赞美它、喜爱它，并且通过各种各样的形式来表演它、再现它。兴化高跷龙，便是一种对“龙”的演绎和赞颂。

兴化“高跷龙舞”

兴化高跷龙，为“龙舞”之一种。顾名思义，表演者是踩着高跷舞龙。表演者个人技巧当然要好。更为关键的是，要整体协调。踩着高跷舞龙，如若整体不协调，就不仅仅是“掉链子”、出“洋相”，弄不好会对某个表演者造成肢体伤害。与地面舞龙相比，高跷舞龙动作完成难度更高，更为复杂，一旦完成则更为惊险、刺激，其观赏性更强。

最早的“高跷龙”，出现在兴化垛田的高家荡。地处兴化城东郊的垛田镇，很久以前只是一片湖荡沼泽。满眼望去，湖荡之上密密麻麻尽是芦苇。在芦荡上空盘旋翱翔的是野禽，奔跑在苇丛之中的是现在被人们视为珍宝的麋鹿。早期的先民们就生活在这里，繁衍生息在这里，与野禽为舞，与麋鹿为伴，日出而作，日落而息。芦洲、湖西口、周家荡、杨家荡等自然村落，在先民们的劳作之中自然形成。

高家荡也是其中之一。它位于垛田的最东部，以高、杨、张、王四大姓氏为多，人口三千有余，多数是明洪武年间从苏州等地移民而来。他们从祖先那里继承了“踩高跷”“舞龙灯”的传统习俗。至清乾隆年间，高家荡创办了“都天会”庙会。为了让庙会更具吸引力，村民高德文提出，将踩高跷与舞龙灯合二为一，踩着高跷来舞龙。

想法既出，高德文便付诸行动。他四处拜访民间艺人，反复揣摩将踩高跷与舞龙灯结合在一起的关键点，组织高氏家族的男丁，潜心练习，最终创出了一种崭新的“龙舞”形式：“高跷龙”。

高跷龙所用高跷，由高1米左右的杉木制成。所舞之龙为竹制骨架，布制龙身，龙头、龙身、龙尾共计11节，与寻常舞龙灯之龙并无二致。表演时，其动作套路与通常龙灯舞一样，只是龙前没了“龙球”引逗，靠掌龙头者带动前行。舞高跷龙，毕竟是在1米高的高跷上进行，因而通常只有“大花”“小花”“纯阳背剑”“九连环”4套动作。

为凸显表演效果，表演者着装自然要统一。早期为“上白下蓝，头白腰红”，即上着白褂，下穿蓝裤，头扎白毛巾，腰系红绸带。

现在变化较大。首先“变”的是头巾。表演者有时扎花头巾，五颜六色，色彩纷呈；有时扎同款头巾，整齐划一，精神干练。

其次就是着装的“变”。上装由“白”变“黄”，下装由“蓝”变“红”，色彩更为鲜艳耀眼。

最后是脚上的“变”。早先虽未统一规定，但几乎无一例外，都穿布鞋。现在则改为运动型球鞋，矫健敏捷，清爽利落。

高家的高跷龙，只在高氏家族传了两代。之后，张安方的曾祖张明礼等张氏家族成员便接手了。直至20世纪40年代，张安方、张金方兄弟俩子承父业，与吴兆喜、王兆奎、孙凯祥等人一起，共同成为高家荡高跷龙的第六代传人。

高跷龙也曾被当作“四旧”而取缔。当人们在喧天的锣鼓声中，在绚丽的彩旗引领下，再度看到那身着彩服、脚踩高跷、手举长龙的表演者，已是大地回春，改革开放矣。

见到那摇头摆尾、撒欢而行的高跷龙，有人燃起鞭炮“接龙”。此时，高跷龙已然停止行进，摆场子，敲锣鼓，上套路，开始表演。

但见踩着高跷的舞者，一律将双腿呈八字形叉开。金黄色的长龙，在舞者身体上方的左右两侧翻滚起来。刹那间，阵阵巨浪掀起，呈翻江倒海之势，何其壮哉！

“小花！好——”有人情不自禁地叫起“好”来。

“小花”为舞龙的常规动作，看得观众不过瘾呢。“来个刺激的——”面对观众们的呼声，原本在原地翻转的金龙，瞬间运动起来，时而迂回，时而穿插，时而徐行，时而疾驰。一时间，人在跷上舞，龙在空中飞，一招一式，精彩纷呈，惊险刺激。

面对这久违了的表演，潮水般的掌声在人群中爆发。叫“好”声，一声高过一声，此起彼伏，直冲云霄。被禁锢得太久了，乡亲们终于可以冲天高吼，扬眉吐气！

我在为乡亲们久积心底的豪迈之情得以抒发而由衷高兴的同时，也为家乡“高跷龙”这一非遗传承项目后继乏人产生些许担忧。或许是高跷龙对技巧要求太高，或许是高跷龙动作存在一定风险，或许从事这一民间表演收入甚微，或许……总之，现在的年轻人几乎没人再愿意从事这样的民间舞表演矣。

古老而又极具观赏性的高跷龙啊，你究竟还能走多远呢？

2021年2月3日（立春）于海陵莲花

08

盛开在民间沃土之上

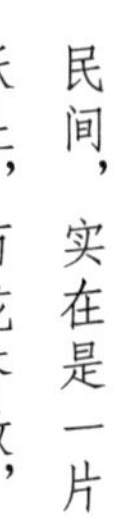

民间，实在是一片沃土，百花齐放，姹紫嫣红。

民间说唱，地域性极强，所谓南腔北调是也。民间说唱，赖以生存的土壤在民间。民间少约束，多自由；少排斥，多包容；少砍伐，多呵护……民间，实在是一片沃土，百花齐放，姹紫嫣红。

人常言，“一方水土养一方人”。站在民间说唱的角度，何尝不如是？某一地的民间说唱，定然植根于诞生它的土壤。

我国幅员辽阔，民族众多，民间说唱流传历史悠久而丰富。从司马迁笔下出现的优孟、优旃、淳于髡三位俳优表演者身上，可见民间说唱最早之端倪。而20世纪50年代和70年代，分别在成都天回镇汉墓和扬州邗江胡场一号西汉木椁墓中出土的汉代“说书俑”，其风趣的形象、逼真的神态，无疑表明汉代在保留滑稽表演的同时，已逐步向说书艺术迈进。

民间说唱繁荣于宋。究其根由，离不开商业的发达、都市的繁华。此时，一批专业艺人，现身于“勾栏”“瓦舍”，说唱活跃。原本“下里巴人”的行当，却也进入陆游的笔端。有诗为证——

斜阳古柳赵家庄，
负鼓盲翁正作场。
死后是非谁管得，
满村听说蔡中郎。

陆放翁的诗作，充其量也就是让“下里巴人”的民间说唱，沾上点儿“阳春白雪”的边儿。除此，无他。而真正让“下里巴人”的民间说唱和“阳春白雪”相互融合、相得益彰的，还要数2016年央视春晚上的一首《华阴老腔一声喊》。这是一首为实力派歌手谭维维量身定制之作，在某综艺节目中呈现在先，登上央视春晚在后。

说起历经数十年的央视春晚，褒贬不一。然而，你不得不承认其平台影响力之大。正是由于谭维维与张喜民等多位华阴老腔艺人在央视春晚上的完美合作，让流传千年的嘶吼，有了直抵人心的震撼力量。谭维维的演唱高亢激越，极具穿透力。张喜民等华阴老腔艺人的说唱，则沉郁悲壮，粗犷豪迈。双方形成的强大共鸣磁场，让整个演唱超“燃”。张喜民等华阴老腔艺人率先开腔——

八百里秦川
千万里江山
乡情唱不尽
故事说不完
扯开了嗓子
华阴老腔要一声喊
伙计　哎　抄家伙

谭维维接着高亢登场——

华阴老腔要一声喊
喊得那巨灵劈华山
喊得那老龙出秦川
喊得那黄河拐了弯
太阳托出了个金盘盘

月亮勾起了个银弯弯
天河里舀起一瓢水
洒得那星星挂满了天

谭维维与张喜民等华阴老腔艺人的精彩演绎，被誉为中国摇滚与民间传统艺术结合的典范。一个现代艺人和她的现代音乐元素的加入，似乎让流传2000余年，一直未能走出华阴的老腔，一夜之间响遍华夏。何其幸哉！

类似的做法，我也曾干过。虽然不及谭维维与华阴老腔艺人的组合那么精彩，那么震撼，但我的创意，要早于她与华阴老腔艺人“一声喊”近10年。那是2007年，我主持策划了一台大型演唱会，同样是在央视演出的平台上。演唱会上，我将家乡的“茅山号子”搬上了舞台。说起这“茅山号子”，那也不是一点来头都没有噢！1956年，作为第一代号子传承人的朱香琳，就曾将“茅山号子”唱进中南海，还受到过毛泽东主席的接见。2008年，兴化籍独立制片人仲华拍摄的一部纪录片《茅山号子》，曾获得第十四届马赛国际电影节大奖。

此番在演唱会上，我让著名歌手周杰伦与号子国家级非遗传承人陆爱琴等配合演唱，反差之巨大，出人意料。尽管周杰伦听不懂陆爱琴等人淳朴地方口音的民间小调，但他还是被陆爱琴等人悠扬婉转的曲调、生活气息浓厚的表演所吸引。连连称奇的周杰伦，终于按捺不住自己的情绪，用手中的麦，现场为陆爱琴等人的演唱配器，赢得了全场观众潮水般的掌声。

众所周知，民间说唱遍及各民族、各地区，内容丰富，形式多样。据不完全统计，有300余种。在我工作生活的泰州地区，亦有着丰富的民间说唱资源。不妨择其代表，向诸君介绍一二。花开两朵，先表一枝。

先说流行于泰州东部地区泰兴的一种说唱形式：泰兴说唱。提及泰兴说唱，有一个唱本不得不提：《玉如意》；提及泰兴说唱，有一个人不得不提：傅文章。

《玉如意》是泰兴说唱中极具代表性的一个唱本。泰兴说唱，又叫泰兴唱书。据《扬州曲艺志》记载，泰兴说唱的表演形式，为一人手持唱本，无伴奏根据唱本说唱。以七字调、十字调为主，唱书书目颇多。其中流传最广的，便是清乾隆年间的《玉如意》和清道光年间的《扒抢记》。这两部唱本均为泰兴人所编创。《玉如意》先后曾有手抄本、木刻本、刊印本行世。

《玉如意》唱本用的是吴语及江淮语结合的泰兴方言。泰兴在清代先后属泰州、扬州、通州、苏常道管辖。《玉如意》说唱一度在这些地区广为流传。就连浙江杭州也曾盛行一时。随着各地其他艺术形式的丰富发展,《玉如意》说唱的影响力有所减弱，但在“三泰”(泰州、泰兴、泰县）地区，以及南通的部分地区，仍然十分流行。这当中，尤以泰兴一带流传最为广泛，几乎是家喻户晓，口口相传。

这里补充一点，泰兴说唱以“如意大调”之调式演唱，源于《如意娘》，历史十分悠久。据宋郭茂倩注解：“乐苑曰:《如意娘》商曲调，唐则天皇后所作也。”自唐中宗公元707年去周复唐之国号,《如意娘》从宫廷流传至民间。中原百姓一度南迁,《如意娘》随之流传至泰兴一带，逐渐发展演变成泰兴的“如意大调”。泰兴人严振先择“如意大调”，与《玉如意》书稿相配，形成了说唱脚本。

而《玉如意》一书，则是讲述浙江嘉兴府郝廉与同仁县邬厚二人，在同一年乡试入榜，之后分别至山东郯城和沂州府为官的故事。郝、邬二人兴致相投，志同道合。于是，邬厚便将5岁之女云英许配给了郝廉4岁的儿子郝砚耕。郝家十分看重这门亲事，以祖传玉如意为过聘之礼。3年后，郝廉病故。郝家却因郝廉在任时亏空县衙数千两银子，而被官府追逼。郝家万般无奈，变卖家产以还官府之债，以致一贫如洗。

十分难得的是，邬厚对郝家关照有加，承担了郝砚耕就读的相关费用。及至郝邬两家结亲儿女双方长大成人，变故又起。长大之后的云英，不愿意再履行早年的婚约。其妹琼英遵父命代姐嫁给了郝砚耕，云英则嫁给了贪官钱通之子钱一雄。后来，郝家公子高中状元，贪官钱通贪赃被处死。

世事变化，引发出一幕幕家族兴衰、个人命运起伏跌宕的曲折故事。就是这样一部揭示封建社会世态炎凉的劝世之书，在“文革”期间也难逃厄运。泰兴艺人记谱整理过的《玉如意》，只要被发现，皆视为“四旧”而销毁。

行文至此，该泰兴说唱中的一个重要人物登场了，他就是傅文章。这位泰兴土生土长的文化人，在其父影响下，想方设法，从为数很少的藏家手中求得极其珍贵的手抄本，从一些艺人口中收集尚在传唱的部分唱段，系统收集整理《玉如意》唱本。历经数载，傅文章终于将原本零散残缺的《玉如意》，录制成了长达12小时的“如意大调”说唱全本——《玉如意》音频。那些怀念《玉如意》的泰兴人，那些喜欢说唱《玉如意》的泰兴人，纷纷向傅文章投去了赞许的目光。

然而，傅文章的努力还没有停止。他用手中的笔，将《玉如意》这样一个历史故事，改写成了一部22万字的长篇小说《红尘梦》，于2005年由作家出版社出版面世。傅文章此举，让我想起汪曾祺老先生在为什么要从事剧本创作时说过的一个想法——增强戏剧剧本的文学性。

傅文章长篇小说《红尘梦》的出版，显然将《玉如意》从民间文学的层面，提升到了纯文学层面，其影响力和影响面，都将有大幅度提升。目前，傅文章正在对说唱全本《玉如意》进行全面整理，在现有音频的基础上，制作出版正版的《玉如意》光碟，让泰兴说唱世世代代流传下去。

当然，泰兴说唱远不止《玉如意》一部唱本，其书目较为繁多，内容亦颇为丰富，涉及儒、佛、道等多种传统文化，保留了大量的从古至今泰兴周边地区的民间习俗、风土人情，具有多重研究价值。可以这么说，泰兴说唱是一个民间曲艺的宝藏，还有待更多像傅文章这样有识之士来进一步研究、挖掘。

说完了泰兴说唱和傅文章，再请诸君听一段兴化锣鼓书——

敲起锣鼓声声震，
说说唱唱道真情。
邻里相帮无争纷，
娘舅评理一家亲。
夫妻齐心家业盛，
创业的故事天天新……

这一幕发生的时间为2020年10月10日，地点为北京全国农业展览馆，表演者葛彦。她可不是说书艺人，而是兴化昌荣镇副镇长。话说由农业农村部选拔的全国7个“县乡长说唱移风易俗”优秀节目，2020年的“双十”日在北京农展馆首次面向全国观众演出。作为江苏唯一的代表，昌荣镇原创的锣鼓书《移风易俗看安仁》，在展演活动中惊艳亮相。

兴化“锣鼓书”

年轻的副镇长葛彦亲自上阵，用兴化锣鼓书，说唱安仁村移风易俗新鲜事，让人眼前一亮。全程锣鼓书的表演，通俗易懂，生动活泼，地域特色浓郁。婚事新办，敬老爱亲，邻里和睦，文明祭祀，一朵朵乡风文明之花，在北京农展馆的舞台上绽放。

兴化锣鼓书，俗称鼓儿书。是指在兴化地区流传的一种民间说唱形式。从前文所引陆游的那首《小舟游近村舍舟步归·其四》中不难发现，鼓儿书极具草根性。

兴化锣鼓书，由两人演唱，一主一辅。一主，即主唱。主唱的角色，由敲鼓者承担。他一边敲击面前架子上的鼓，一边大声说唱。一辅，也就是配角，由敲锣者扮演。配角只需随主唱的节奏，应声附和，间或敲击几下铜锣，以渲染现场气氛。

说锣鼓书的艺人，多半用“七字段”，叙述一些古代传奇之类，譬如《杨家将》《扈家将》《八美图》《九美图》《十把穿金扇》《六段锦》《八段锦》，以及知晓度更高的《三国演义》《水浒传》等。

兴化一带说锣鼓书的艺人，唱鼓儿书，其话本故事大多与鼓词有关。鼓词的源头则可以追溯至先秦。传说庄周就曾背鼓四处游说，被民间艺人尊为祖师爷。每年农历四月十八，都要为他做生日祭祀。

如果说，传说不能完全相信，那么文献记载则有案可稽。在《荀子·成相篇》中，就有以七言为主体的韵文唱词体历史人物故事。而前文所述汉代“说书俑”，其打鼓张口说唱的形态，与现今说唱艺人说鼓儿书时的神情完全一致。

这里，不能不提及一位大师级的人物——柳敬亭。据《明史·左良玉传》记载，“有柳生敬亭者，号称柳麻子，善说评书，游将军门，抵掌谈忠孝节义大事，奋髯瞠目。良玉闻而动色。佐之以弦索曰弹词，节之以鼓板为鼓儿词，鼓儿词曰打鼓书。”《江湖丛谈》一书中，亦有关于柳敬亭的传说记载。说柳敬亭常回泰州演唱，当大秋丰收，劳工困顿，所操之事甚微。柳先生便用两块破梨片当板儿，一手击案，一手敲破梨片儿，开始说唱，很是动听。

明末清初思想家黄宗羲曾专为柳敬亭作传，有《柳敬亭传》存世。黄宗羲在《柳敬亭传》中既概括交代了柳敬亭说书技艺之精湛、影响之广泛，又系统介绍了柳敬亭走上说书道路的经过，特别是其演技如何精进之过程。同时，也写了柳敬亭为左良玉所赏识，倾动朝野时的荣耀，以及明亡后柳敬亭归于清贫，重返民间操旧业，将说书技艺推至炉火纯青之境。

地级泰州市组建之后，地方党委政府一直致力于“梅”“桃”“柳”戏曲文化三家村之打造。所谓“梅”，是指梅兰芳。地方上在梅兰芳史料陈列馆的基础上建起了梅园，每年还要举办梅兰芳艺术节。近年来投资打造了一出京剧《梅兰芳》，设想过做全国巡演，受新冠肺炎疫情影响，推进速度有所减缓。

所谓“桃”，不是人名，而是作品名：《桃花扇》。《桃花扇》为孔尚任所著，“借离合之情，写兴亡之感”。

清康熙二十五年（1686年），孔尚任奉命随工部侍郎孙在丰往淮扬疏浚黄河海口，历时四载。其间，孔尚任在其借住的陈庵里完成了《桃花扇》二稿。地方上依托陈庵，建起了桃园，种植桃树逾百种。每年桃花盛开之时，桃园倒也是姹紫嫣红，游人如织，但似乎与孔尚任没太大关系。

所谓“柳”，便是柳敬亭。虽然他实姓曹，因“犯法当死，变姓柳”（黄宗羲语）。泰州人并未因为这些，而减少对这位扬州评话开山鼻祖之崇敬。借助他老人家的影响力，地方上建起了中国评书评话博物馆，在此馆基础上建起了柳园。柳公祠、打鱼湾、饮香书场等景点，倒也引人驻足，平添对一代宗师之景仰。

柳先生说唱的影响十分广泛，里下河地区特别是兴化受其影响更甚。

兴化锣鼓书的唱腔以民间小调、民歌为基础，多半为四句式。这与古老的鼓词稍有不同。鼓词多为七言、十言，而七言多为四三结构，可适当加入衬字、嵌字。十言则有两种句式，一种是“三四三”，另一种是“三三四”。

兴化锣鼓书表演较多的场合，为城乡的庙会、乡会、行会等。兴化城里的一些古老行业，几乎每年都要举行祭拜祖师的活动。说唱艺人到场，头一桩事情是帮助整治礼仪，如铜匠会、铁匠会要请出李老君来祭祀，钉秤会则是请出伏羲氏来祭祀。其祭祀活动颇有讲究。要先挂皇榜，扬幡，再领交猪，之后开坛，邀九郎去恭请诸神下界。这时，说锣鼓书的艺人便会边说边唱，陈述请诸神下界的种种理由及虔诚之心。这九郎是谁？唐之大将军魏徵的第九个儿子是也。为何要邀九郎来请诸神下界呢？他一小小少年郎，哪里来的如此良好的神脉资源呢？弄不清楚。倒是这九郎去西天邀诸神，还是颇费一番周折的。他先要去东海，向东海龙王借得蛇蚤宝马，再到山西赵太保家借得马鞍，之后还得再去东海求助于龙王的三小姐，因为东海龙王的三小姐有一支紫金鞭。如此折腾一番之后，九郎才能上路。你还别说，真是不容易。

观赏兴化艺人表演锣鼓书，你会感受到那循环往复的曲调，高亢明亮的嗓音，声情并茂的表演，具有着独特的艺术魅力。

而兴化锣鼓书这样一种民间曲艺形式，其传播传承则完全靠艺人们口口相授。目前，在兴化能够表演锣鼓书的，除了昌荣镇蒋氏第十一代传人蒋宗源外，还有中堡镇的陆焕章之徒程永贵等人。程永贵，现已年近古稀，由于天生一副好嗓子，加之从小就喜欢“鼓儿书”，在中堡当地还真小有名气。后来，正式拜老艺人陆焕章为师，不仅演唱技巧大有长进，还得到了师父珍藏多年的“鼓儿书”孤本。

现在，程永贵已经整理出了师父留下来的“鼓儿书”几十套，成了自己和弟子表演的宝贵矿藏。据说，他们师徒每年在兴化农村要演出40多场。正是因为有了像程永贵这样的民间艺人，才使“鼓儿书”这一民间说唱得以传承，且不断发扬光大。

向程永贵们致敬！

2021年2月5日于海陵莲花

脱胎换骨的转化

09

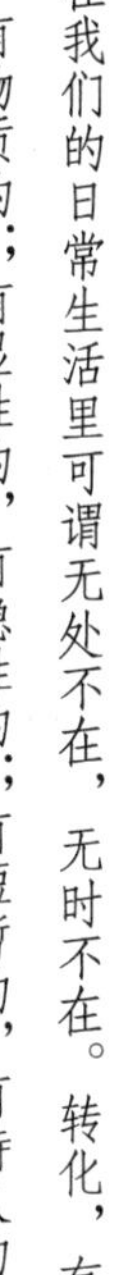

转化，在我们的日常生活里可谓无处不在，无时不在。转化，有精神的，有物质的；有显性的，有隐性的；有短暂的，有持久的。转化，改变着我们的生活，改变着我们，改变着世界。

转化，在我们的日常生活里可谓无处不在，无时不在。转化，有精神的，有物质的；有显性的，有隐性的；有短暂的，有持久的。转化，改变着我们的生活，改变着我们，改变着世界。

央视几年前有一档节目，曾经“火”遍大江南北。叫《舌尖上的中国》，讲美食的。其中有一集叫：《转化的灵感》。讲人们“怀着对食物的理解，在不断的尝试中寻求着转化的灵感”。从云南边陲，到辽阔草原，再到皖南徽州，一粒大豆，几经转化，在当地人手里会呈现出水豆腐、奶豆腐、毛豆腐等不一样的食物。一粒大豆，如若经过更为深入的转化，便会成为美味的“酱”。

我在本文里要说的转化对象，则更为普通寻常——泥土。泥土自身平淡无奇，从来就不是什么稀罕物，很少用来进行货币交换。不禁想起有人讲过：这世上，最重要的反而似乎最不值钱，譬如阳光、空气、雨水等，

溱潼砖瓦

当然也包括泥土。然，泥土的转化，却极其广泛，纷繁复杂，一则短文难以穷尽。

这会儿，我只能以“点”带面，“点”到为止。从家乡泥土转化中，选取相互关联的一二例，略作叙述。

先说溱潼砖瓦。溱，在河南驻马店则读“zhēn”，为古水名：溱头河。语出《孟子·离娄下》。此字在我们当地读作“qín”，有点儿秀才识字读半边的意味。民间一直流传着这样一种说法：溱潼，原本叫秦潼。后为避秦始皇讳，改作溱潼。此地多水，改得倒也合适。可当地百姓似乎不买皇帝老儿的账，出口仍旧读“qín”，而不读“zhēn”。于是乎，“溱”成了多音字。

旧有“犬吠三县闻”之说的溱潼，地处里下河腹地姜堰、东台、兴化三地交界处，今属泰州所辖之姜堰区。其作为千年古镇存在之地域，已是闻名遐迩的国家4A级景区。

随着溱潼古镇旅游业不断升温，前来古镇的全国各地观光客日益增多。特别是每年清明节前后，因会船节的带动，更是人如潮涌，络绎不绝。我曾在《在旧时光里沉醉》一文中详述过溱潼会船节的壮阔与激荡，此处不再赘述。

可以肯定的是，看过会船的观光客，极自然地要到古镇上走一走、看一看。

“扑面而来的是一条街，更是一股久违了的亲切的气息，是一阵似曾相识的熟悉的气韵，让我们立刻沉浸在一种欢乐而又宁静的气场中，我们的心一下子就被打动了。”第一次来溱潼的原江苏省作协主席范小青女士，就有了乡亲般的亲切。在她的笔下，溱潼的老宅与老宅之间，“它们是紧紧连接、是互相搭配的，它们互为一体，呵成一气地成为这条老街的框架，成为这条老街的顶梁柱，这里的老宅，既有江南民居的精致，又有北方院落的气概，它们是历史留给溱潼的最珍贵的记忆”。

作家俞胜则认为，“溱潼古镇最令人神往、最令人留恋的是三棵树。一棵是唐朝的国槐，生长在以这棵树得名、一座有着久远历史的绿树禅院里”，“第二棵是宋代的山茶树。溱潼人喜滋滋地告诉我们，这棵树是目前国内发现的人工栽培山茶基径最大、树体最高、树龄最长，而又生长在长江以北的唯一一株万朵古山茶，这棵有着‘世界茶花王’之誉的‘国宝级’古树，已与云南丽江茶花王结为‘姐妹花’，与台湾草山红山茶喜结‘团圆树’”，“第三棵树不是明代的黄杨、皂荚，也不是清代的木槿，而是那出了‘一门三院士，祖上是状元’的李氏谱系。这棵树比唐国槐、比宋山茶长得更茁壮、更葳蕤”。

不难看出，俞胜在写了“唐朝国槐”“千年山茶”之后，笔锋一转，抒写了具有爱国情怀的李氏家族，特别是李德仁、李德毅、李德群三位院士，叫人赞佩一个作家的眼光。

就普通游客而言，那万朵齐放的千年古茶，那绿树禅寺前神奇的古槐，当属最爱，不可忽略。但是，我要友情提醒一句，如果你能到溱潼民俗风情馆看一看，那定会别有一番不同的感受和体验。

这里陈列着溱潼地区出土的唐砖宋瓦，制作精致，色如绿豆青，叩击之后发出的声响，有如金属般的亮、脆。放眼望去，小砖、卡砖、望砖、城砖、井砖、板砖、罗底砖，小瓦、大瓦、脊瓦、猫头、滴水、竹山沟瓦，品种繁多，形态万千，古朴大气，让人领略到溱潼窑工的智慧与辛劳，亦让人遥想溱潼窑业曾经有过的繁华与辉煌。

据说，在秦汉时期，这里就曾有过7座颇具规模的窑厂，每到夜幕降临的时候，7座窑厂便是窑火通明，有如天穹之上的北斗七星，闪耀在里下河茫茫水乡，云蒸霞蔚，蔚为壮观。

实在说来，溱潼并没有得到大自然太多的恩赐。既无矿藏，也无油田。然而，这里雨水充沛，土地肥沃，这就足以让溱潼人安居乐业，在这片土地上繁衍生息。

制作砖瓦，便是溱潼人赖以生存的一种手段。溱潼黏土为制作砖瓦提供了宝贵的原材料，使窑业的发展成为可能。据有关专家介绍，溱潼黏土经过千百万年湖水的浸制，练就了其柔软似水、坚硬如钢的特性，是难得的烧制砖瓦的上好材料。

溱潼砖瓦的制作，关键有三：取泥，制坯，烧窑。

取泥。溱潼拥有大量的湖荡湿地，黏土资源丰富。窑工进到湿地，便能从河里、湖中取到所需黏土。

窑工取泥，多用“罱子”，即一种由两根竹篙熏弯绞连在一起，在竹篙根端装有“罱口”的农具。使用时，两手分别握住两根竹篙，让“罱口”张开入水，贴河床、湖床向前推进，河泥、湖泥便会进入罱中，估算着罱子里泥够分量了，即可夹紧罱口，往回收篙。然后借助水中浮力，将罱子端进船舱。说实话，这罱泥还真是个力气活儿，一罱子泥，没有一把子力气，还真提不到船舱去。有时候，蛮力也不一定管用，得会用巧劲。

用罱子作业，多半是在冬季或是早春。夏秋两季，窑工取泥则干脆得多。早先时，窑工们浑身精光，站在齐腰深的水中，凭脚踩挖，也有用铁锹的，这样踩挖出的是一大块一大块的泥团，质态与罱取之泥完全不同。泥团质地之硬，显而易见。

新取的黏土，先“捂”，再“篦”，最后“造”，成“熟”泥之后，便可制坯。“捂”，去除杂质后的黏土，堆成小土墩，盖上草帘，洒适量水，“捂”过一夜，让其黏性增加。

“篦”，用马鞍锹篦泥，从上“篦”到底，“篦”好之后洒水，转下道工序："造"。"造"也叫"造泥"。人站在泥墩上，手扶马鞍锹，用脚在泥里踹，使劲踹，力气越大越好。懂行的人踹起来，脚下会发出"嗵！嗵"的声响。"造"好的泥，再"篦"一遍，就成了"熟泥"，同样得盖上草帘，以防干裂。制瓦的泥得"篦"三遍。

制坯。制坯多数时候由妇女来完成。妇女们坐在板凳上，先在砖模具内洒上些草木灰，以防脱坯时模具粘连。之后取熟泥，装模，括平，脱砖。这里值得提醒的是，装模时，熟泥是用力"掼"进去的。脱砖时，砖坯要脱在专用板上。一块板，通常脱放36块坯。码在晾干砖坯的场地，盖上草帘，不让太阳直射。码砖坯时，多半码成"人"字形。"人"字形，通风好，易于吹晾。

瓦坯制作要比制砖坯难度大，且工序复杂。熟泥进作坊间，经过宕瓦垛子、推泥条子、制瓦筒子等一系列流程，方可将瓦坯送到瓦场上，松开瓦骨，剥开瓦衣布，让瓦坯晾干。

烧窑。将晾干成型的砖坯、瓦坯，送进窑洞里烧制。烧窑前，先得装窑。清扫窑膛，是装窑前必做之事。整个装窑过程，由挑窑工、接窑工、装窑工共同完成。一张窑，如要装窑，得有8~11个窑工。挑窑工负责

"挑"，接窑工负责"抛"和"接"，装窑工负责"装"。

与挑窑工、接窑工相比，装窑工所从事的工作最为复杂。装窑工首先要对窑膛的情况十分熟悉。靠窑门的前半部称之为前膛，后半部为后厢。前膛装平砖，后厢装竖砖。后窑门至后厢，有一条2尺宽的火膛，亦称"兔膛"。前膛和后厢之间留有巷道。兔膛左右两侧装7层脚砖，再装13层后，所装之砖渐渐中出，层层出，层层扣，直至两侧出砖合拢，窑工们称之为"合冠子"。上面装4层平砖，叫"平步"。前膛的拦火壁，装成笔直的，后厢逢丁砖楔紧，旁砖则不楔。后厢拦火壁7层往上逐渐出砖，靠拢前膛。合冠子4层以上，装入"人"字形花砖。装窑时，讲究的是"上密下松，中厚壁稀"。每壁之间得留有一定的距离，以保证火路通畅。满窑之后，要"拾顶"。在花砖上用一层平砖盖顶。之后，铺草，压土，做窑顶。这一系列程序完成之后，便可以烧窑矣。

"烧窑"，可谓是成败在此一举。故点火前，烧窑师傅先要焚香敬窑神，祈求烧窑顺利。正式烧窑，采取的是两班制，一班半天，每班有"大火"师傅和"帮火"工。"大火"师傅负责掌控火候和进度，"帮火"工则是协助拉草打杂的。升火之后，“大火”师傅先到窑顶扒开4个烟囱，分别为前膛2个、后厢2个，以便于窑膛“出烟”和“大火”师傅“看火”。“大火”师傅刚开始看的炕火，让窑膛内温逐渐升高，给装在膛内的砖坯预热，不至于急火裂砖。

烧过一夜之后，便改烧淌火。这烧淌火，得“大火”师傅亲自动手，“帮火”工是帮不上忙的。此时，“大火”师傅须不时到窑上“看火”，掌握火候。淌火之后是快火，快火之后是齐口火。刚点窑时，窑厂上空浓烟滚滚，随着窑内温度升高，窑烟逐渐变淡，直至变成缕缕白烟，飘入天际。等到窑火呈蓝色，“大火”师傅便开始“熬火”，也叫“关色”。之后就住火，封烟囱，避二门，将窑膛门砌起，再用泥封好。至此，纷繁复杂的烧窑，宣告完成。

洇水之后，便是“出窑”。众多窑工们辛苦付出之成果——新砖新瓦，带着泥土香和木草香，新鲜出窑。这时，“出窑号子”便在窑工们中间喊起来——

72道手脚一块砖，

道道毛孔出汗珠。

砖砖相碰声如磬，
块块烧成绿豆青。
一窑砖头有几等，
各等各级要划清。
砖壁三百五一方，
落户谁家砌华堂。
远处走来小姣娘，
买砖买瓦建新房。
世上姑娘千千万，
窑工光棍排成行。

溱潼人将脚下的泥土进行一次转化，以烧窑制砖瓦为生，生生不息，绵延千年，这无疑为子子孙孙赢得了生存之机。与溱潼相距不过百余里的戴窑人，则将泥土进行了再一次转化，在烧制成的砖瓦之上施展技艺，诞生了名震京城的品牌：戴窑砖瓦雕刻。

这里的京城，不是人们惯常以为的北京，而是南京，明初的京城。其时，此地窑业有多发达，从地名亦可知也。有民谣为证——

戴家窑，

戴家窑，

南北三座桥。

七十二座窑，

朱洪武南京筑城墙，

一道圣旨到戴窑。

这首民谣自明朝初年以来，就一直在兴化戴窑地区流传着。

关于戴窑，著名学者，我的老师费振钟，在其专著《兴化八镇——记录：乡镇社会的解体与重建》中有专章论述。从费老师的论述中可知，戴窑人在泥土的转化上，是做足了文章的。早先，戴窑人并没有从事烧制砖瓦的行当，遑论雕刻。戴窑人，直接从事的是烧盐。“戴窑烧制海盐的历史（地方志认为在唐代）”，“‘灶产’之名，即记录了它的制盐史”。后来的戴窑，虽然“在隔断了的海潮声中”，“渐渐褪去盐卤的咸涩”，但是，“海潮对这里的土地持续性的‘碱化’威胁，一直是戴窑地区垦殖中的问题，它使戴窑成为良田的历史显得艰难而缓慢”。而“富有黏性”的土壤，便成为“灶产”

更名为“戴家窑”之理由也。

相传在公元1368年，朱元璋那名气很大的军师刘伯温，出游戴窑时发现，此地南有青龙桥、八卦池，北有凤凰嘴，大有卧龙栖凤之势。想想当年吴王张士诚率领“十八扁担”上戴窑，与朱元璋一同争夺天下，这样的故事怎么还能再上演呢？于是，刘大军师下令：在戴窑建窑72座，凿井72眼，大破戴窑之风水。如此一来，戴窑夏家嘴子建窑7座，八卦地建连体大窑8座，李家嘴建窑4座，张家嘴建窑5座，地势险要处建窑15座，靠近集镇建窑5座，再加上戴窑河北的西窑头、北窑头等，共计72窑。与72窑相对应，开凿井眼72处，以此来破除戴窑的大好风水，阻止“吴王”之类东山再起。

刘伯温此令一下，带来了戴窑镇窑业的空前繁荣，催生了与窑业相关联的砖瓦雕刻工艺的快速发展和工艺水平的大幅提高。文前所录的一首民谣，所言非虚，确有实据。据1973年2月在戴窑砖瓦厂旧址发掘的5块大城砖所载，有“扬州府提调官同知竹祥司吏陶旭，高邮州提调官同知常松司吏纪衡，兴化提调官主簿樊弘道司吏赵宗”字样凸显，背面刻有“ 年 月 日窑匠胡士一”。大城砖砖体长44厘米、宽21厘米、厚12厘米，重18公斤。经查实，现在南京中华门北门向南第三层第21块城砖，以及现在坝城墙藏兵洞对面两块城砖，与在戴窑砖瓦厂旧址出土的大城砖形制规格完全一致。这一发现，无疑证明了戴窑砖瓦曾经的辉煌与悠久。

戴窑砖瓦雕刻，主要体现在“门楣砖”“罗底砖”“瓦档”等载体上。其雕刻形式可分为花纹类、铭文类、图案类三大类别。花纹类有云水、花卉、草木之类，铭文类有“天官赐福”“黄金万两”“福禄寿财”之类，图案类有各式人物造像、各种动物造型。此外，还有一些砖雕工艺品，如兽头、龙对头、凤对头、狮对头等。观赏把玩之余，不能不让人赞叹民间砖瓦雕刻艺人精细的刀工、精准的线条、精巧的构思、精美的图案、精彩的造型，显示出了无穷的创造力，散发出了无穷的魅力。

戴窑砖瓦雕刻，既然是在砖瓦这样一个载体上进行，其砖瓦坯胎制作的质量直接影响着雕刻工艺水平的展现。因此，“取土”“造泥”“制坯”每一个环节都必须做到位，戴窑砖瓦制作所取之土，需用面层土，其凝固性强，不易爆裂；造泥主要是用脚“踹”，“踹”的功夫到家，泥才能“熟透”、起黏，加工制作时才不会摊、散；制坯关键点是把握“脱坯”关，检验标准是无麻脸、六面光、八角齐、无裂缝、无崩胸，最后还要立得稳。

戴窑砖瓦雕刻，关键之关键当然是“雕刻”。所用工具倒不复杂，一把小铁刀，几把形状各异的篾刀。篾刀有平口刀、斜口刀、三角刀。小铁刀和篾刀各有分工，如果需要剔除的面积稍大一些，得“挖”，用小铁刀；细部刻画，用篾刀。使用篾刀讲究用刀要准，深浅一致，线条匀称，铲底平整。这样才能保证雕刻作品的生动、完整。

当然，“烧制”工序也十分重要，这是“出作品”的最后一环。诸君可参阅介绍溱潼砖瓦时“烧窑”环节，此处不再赘述。

经过一道道繁复的工序，一件件生动形象、古朴雅致，且富有丰厚文化积淀和鲜明民间风味的雕刻作品，走出戴窑，走向大江南北，走进千家万户。

行文至此，我不得不说，溱潼砖瓦也好，戴窑砖瓦雕刻也罢，其由泥土之转化，可谓脱胎换骨。然而，它们更为重大、影响更为深远的转化，则早已超出了砖瓦和砖瓦雕刻本身。戴窑“窑工传人”韩德粹，在自编的《戴窑窑文化》一书中，收集了大量明、清时期戴窑砖瓦实物资料，其青沉黛重的色调，充分印证了里下河地区乡镇建筑风格之源。

诚如费振钟先生所论述的：“要说这些由土壤的自然质地与火工造作技术相结合提供的基本建筑材料，构成并延续了里下河地区数百年来乡镇建筑厚朴质实的风格，且与地方性格和气息融为一体，戴窑无疑具有创设之功。”

我们姑且不论当年那些辛苦勤勉的窑工，能不能预料自己的“掘土而作”，会产生今天这样的历史和文化结果，但是，我们现在回溯戴窑窑业发展历史，不难发现其在带动地方经济、社会发展的同时，已转化为一种更为深刻的“文明传承”。

现代以来，钢筋水泥虽然取代了砖木，被著名作家赵本夫先生称之为“无土时代”，然近20年，“文化复古”之风兴起，戴窑以烧制“古小砖”而列为“传统建筑”专供，或许可视为戴窑窑业的历史和文化价值的一种延伸。尽管这种延伸有些被动。如果我们乐观一点，将其视为一种转化，是否会给溱潼、戴窑等地古老的窑业带来新的生机呢？

2021年2月7日于海陵莲花

妙手生花

10

这种丰富、多变，会达到某种极致，使原始之物得到脱胎换骨之升华。

物的丰富和多变，可谓无穷无尽、无边无际。这“无穷无尽”“无边无际”之所以得以实现，不容忽视的因素不胜枚举。人，肯定是其中极为重要的因素。尤其是那些身怀特殊技艺之人，又会让某些物，在其手中越发丰富、多变。而这种丰富、多变，会达到某种极致，使原始之物得到脱胎换骨之升华。

我接下来想说一说的，“面”和“糖”，似乎就是如此。

“面”和“糖”，是两种为大众所熟知的食物，与大众的日常生活关系颇为密切。然而，当“面”和“糖”遇见“面塑”和“糖塑”艺人时，它们的物象呈现，就离开了食物的层面。

“面塑”和“糖塑”，作为两种民间手工艺，大众并不陌生。与糖塑常被称为“吹糖人”（我们当地也有叫“捏糖人”的）一样，面塑最通俗的说法，便是“捏面人”。

吹糖人

既然称为“捏面人”，其主要原料，自然是“面”，普普通通的面。就是这普普通通的面，经过面塑艺人运用“印”“捏”“镶”“滚”等技法，花、鸟、鱼、虫，乃至各式人物，便会在其手中出现，令人称奇。

干面塑这一行的，以诸葛亮为祖师爷，倒是让我有些意外。比“羽扇纶巾，谈笑间，樯橹灰飞烟灭”之儒将周瑜有过之而无不及，诸葛亮的足智多谋、用兵如神，在《三国演义》里，那是无出其右的。之所以跟“捏面人”沾上边，且在行内地位至尊，相传是征伐南蛮渡泸水（金沙江）时，突然狂风大作，部队一时无法渡江，诸葛亮用面猪、面羊、面牛首之类，祭拜江神，才让部队安然渡江并一举平定南蛮。由此，“送面羊”“点桃红”之类习俗，在华夏大地蔓延开来。

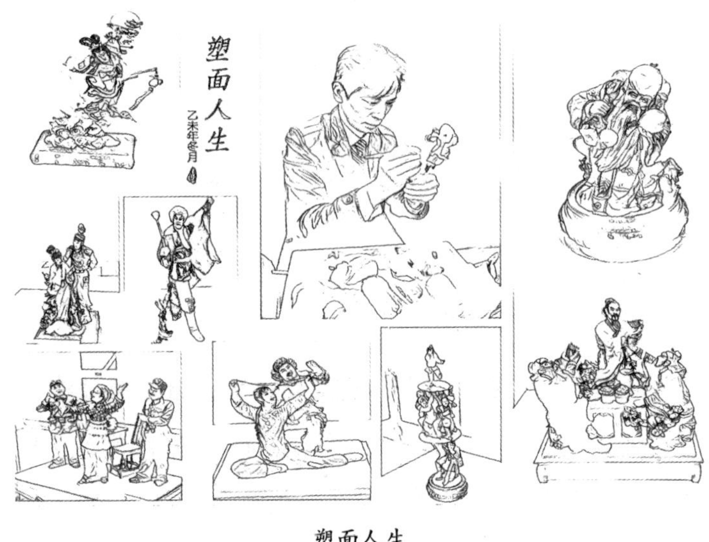

塑面人生

让“捏面人”走出民俗，从手艺发展成为工艺，则不得不追溯至清咸丰年间的“曹州面人”。在漫长的发展演变过程中，“曹州面人”走向全国，逐渐形成了三大主要流派：山东菏泽李派、北京汤派、上海赵派。山东菏泽李派有李俊兴、李俊福、李芳清等；北京汤派有汤子博、汤夙国等；上海赵派有赵阔明、赵艳林……一时间，大师辈出，佳作频现。

我想向读者朋友推介的，则是面塑这门古老的民间艺术进入现代之后，被称为“中国面塑三绝”之一的，生活在我身边的一位面塑大师——王洪祥和他的父亲王迪飞。

在推介之前，先说一件事。

时间：1988年；地点：广州，具体说是在广州博览会上；主要人物：姜堰淤溪的王氏父子，父亲叫王迪飞，儿子叫王洪祥。在这一年的广州博览会上，王迪飞、王洪祥父子带去了他们共同创作的大型面塑作品——水浒人物《一百零八将》。

《一百零八将》水浒人物，整体构造传神生动，完美大气；人物塑造鲜明形象，各具个性。参观者赞誉不断，与会专家更是为王氏父子极其细腻而又老到的面塑手法而称道。一时间，《一百零八将》有了“现象级”传播之效应。

至此，王迪飞在中国面塑界和北京的“面人汤”、上海的“面人赵”一起，被誉为“中国面塑三绝”。王迪飞的“面人王”称号由此而来。

王迪飞原名王武陵，1928年出生于姜堰淤溪。年少时的王武陵因受其父王益民之影响，对传统民间艺术兴趣浓郁，投入了大量时间和精力，在乡邻们中间也赢得了“小才子”的美誉。

王迪飞若干年后能够成为“面人王”，跟他读中学时的一次“失踪”有关。

那是1947年底，年仅19岁、正在读高二的王迪飞，和班上的几名同学突然失踪了，全校一片哗然。

离开学校，离开家庭，这帮涉世未深的学生怎么生活呢？他们究竟干什么去了？为什么会突然失踪？会不会有性命之忧？每个失踪学生，都让校方和他们的家人十分牵挂，焦急万分。

好在没过多久，这帮失踪的学生有了喜讯。原来，王迪飞和几名同学一起投奔了新四军。中华人民共和国成立后，王迪飞被分配到苏州报社工作，后来调苏州地委文工团任创作员。和那个时期绝大多数知识分子一样，1957年王迪飞被下放，先后在浙江湖州、安吉、长兴等地辗转生活，这期间结识了流落到安吉的江西面塑艺人张发进。

对民间艺术的共同爱好，让两个人在物质匮乏、生活清贫的境遇下，有了心灵的交流。面对王迪飞的聪颖和悟性，老艺人喜不自禁，倾囊相授，将自己的面塑技艺毫无保留地传授给了王迪飞。

实操技能与原先的理论功底相结合，让王迪飞创作面塑时，如鱼得水，如虎添翼。他将自己所熟悉的戏剧创作理论，运用到面塑人物的刻画之中。他深知，舞台上人物的一个眼神、一个亮相，都是其内心世界的折射和反映。由此，王迪飞在面塑时着重把握人物的内心活动和性格特点。老百姓称赞他的面塑：活的。

有一则小故事，可为王迪飞佐证。说有人故意为难王迪飞，点了个“马蜂蜇瘌头”的题，让王迪飞“点题创作”。

那人原本想让王迪飞在“点题”面前下不来台。谁曾想，这有难度的题，反而激发了王迪飞的创作灵感。在稍作构思之后，王迪飞便对一切了然于胸。

此时面团在王迪飞手中，手随心到，心到意现，自由幻化，似有灵性。不一会儿，一件“马蜂蜇瘌头”面塑作品完成了。只见那瘌子，一只手护着瘌而发光的瘌头，另一只手护着惊恐万分的脸。何故？那瘌子头顶上方，一只马蜂正紧追不放呢！你看，那瘌子右脚向前提起，左脚向后甩开，身上衣衫飘忽不定。一个既滑稽又狼狈、既夸张又逼真的瘌头形象，活灵活现立于王迪飞的手掌之上。如此妙趣横生之作，引来围观者一片叫好。那人只得拱手认输："神了，真神了。"

王迪飞虽多才多艺，为人正直，然一生坎坷，生活清贫，积劳成疾，过早离开了人世。他去世前，只留给老四王洪祥一句话：再苦再难，也要把王氏面塑传承下去！

成了王氏面塑又一代传人的王洪祥，为了完成父亲遗愿，唯有比父亲更专注、更投入。他不甘墨守传统家法，不愿停滞不前，孜孜以求，寻求新的突破。

1990年，他创作出了《红楼梦·金陵十二钗》系列面塑作品，被选赠北京第十一届亚运会组委会。这是王洪祥在面塑题材上的一次大胆突破！原本通俗的民间技艺，在《红楼梦》这部高雅的文学经典中，找到了施展技艺之空间。这"俗"和"雅"，让王洪祥借助面塑得以巧妙融合，达到了"大俗""大雅"之境。

2010年10月，应澳门特别行政区文化局邀请，在澳门特别行政区民间工艺展演上，王洪祥精妙的技艺更是迷倒了众多澳门当地民众和来自世界各地的游客。

但见，红、黄、蓝、白等各色面团，经过王洪祥十指灵巧地“揉”“搓”“捏”“压”“贴”“拍”，再辅以剪刀、塑签等塑形工具，不一会儿，正襟危坐的唐僧、腾云驾雾的孙悟空、大腹便便的猪八戒、慈眉善目的老寿星、身姿婀娜的仙女、一身正气的关云长，凡此等等，一个个民众喜闻乐见的人物，纷纷从王洪祥手指间诞生了。

传神的造型，动人的细节，丰富的色彩，让原本极其寻常的“面”，脱胎换骨之后，有了不一样的“精”“气”“神”。人们用“出神入化”来褒奖王洪祥的面塑艺术。澳门特别行政区负责文化活动的殷立民先生更是给予王洪祥面塑高度评价，认为“值得推广到全世界”。

古人有云：看似寻常最奇崛，成如容易却艰辛。王洪祥的面塑艺术之路，走得并非一帆风顺。为了信守父亲临终前“把王氏面塑传承下去”的遗言，王洪祥放弃了来钱更快的“中堂”画绘制，最终妻子离他而去。当我真正认识他的时候，他已经学会了川剧的喷火变脸，时不时出现在一些婚庆现场。

王洪祥的无奈和艰难，无须细说矣。墙内开花墙外香的境况怎样才能打破呢？我抓住了地方政府“泰台一家亲”活动策划契机，在向台湾地区嘉宾进行传统民间工艺展示环节，植入了王洪祥面塑表演。在此之前，我让王洪祥精心准备了几位到场重要嘉宾的个人塑像。当王洪祥将一尊尊栩栩如生的塑像赠送给嘉宾本人的时候，嘉宾们惊讶地张开了口，却说不出来话。

王洪祥面塑

我知道，这样的赠送，实在是太出人意料了。其实，这对于我和王洪祥来说，只是故技重演。几年之前，在我策划的《欢乐中国行》大型演唱会现场，我就曾让主持人董卿给歌手周华健献上一尊王洪祥制作的周华健面塑像，令周本人大为惊奇，连连道谢。

此番给我国台湾地区重要嘉宾塑像，王洪祥驾轻就熟，果然一举成功。王洪祥自此真正走进了地方领导的视野。于是，泰州稻河古街区开街之日，王洪祥被安排在开街人流最密集的中心区域，向成千上万的游客展示自己的面塑技艺。王洪祥的周围，成了一个巨大的磁场，引得大人小孩挤挤簇簇，水泄不通。

成为非遗传承人的王洪祥，走进了校园，走上了讲台。在我的主导下，泰州市文联给王洪祥设立了“王洪祥面塑工作室”。王洪祥的面塑技艺，越发炉火纯青矣。在第五届中国非遗博览会传统工艺大赛上，王洪祥现场创作了一位须发皆白的老者，微倾着身子，翘起的左腿上搁着把二胡，左手执胡，右手拉弓，其耳近胡弦、双目微闭之神情，似在倾听着美妙的乐音从弦上流淌而出，全然一副陶醉之态。这尊名为《陶醉》的面塑作品，从全国2000多名非遗选手中脱颖而出，进入200多名非遗高手决赛环节，最终获得泥面塑类作品奖第二名，实属不易。王洪祥告诉我，第一名为泥塑，面塑他是唯一的。

用思想塑造传神精品，成了王洪祥的更高追求。他的乡贤面塑系列，受到了广泛赞誉。郑板桥、黄龙士、梅兰芳、高二适、单声等30位泰州乡贤，各个形神兼备、各具姿态，展示出了泰州的钟灵毓秀。不止于此，2020年庚子之春，新冠肺炎疫情暴发，80岁高龄的钟南山院士，义无反顾奔赴重点疫区指导抗疫，激发了王洪祥内在的创作冲动，很快一尊《无畏先锋》面塑作品诞生了。王洪祥的这一致敬之作，让我们看到了一个高大挺拔的钟南山，一个正气浩然的钟南山，一个斗志高昂的钟南山。

2021年，王洪祥给家乡人民奉上了一份厚礼：《草根文化盛会》。这一以家乡淤溪农历三月庙会为题材而创作的面塑组合作品，古镇风貌凸显，舞龙、舞狮、扭秧歌，民俗风情浓郁，场面宏大，气势恢宏，清晰可见的人物就有266个之多，各种饰物、器械不计其数。为完成这一面塑作品，王洪祥用了整整2年时间。他30多次走访老艺人，收集积累创作素材。据专家介绍，这件作品为目前国内外面塑作品中体量最大，完全可以登榜吉尼斯世界纪录。

肩担糖担走四方，
敲起铜锣响当当；
儿童一见笑颜开，
争相前来购塑糖。

如前文所言，糖塑，通俗说法叫“吹糖人”，我们当地也有叫“捏糖人”的。这在我儿时的记忆里，是有印象的。

那时的乡村，时常可见挑着糖担子的人，走村串舍。这挑糖担子的铜锣敲到哪儿，村上的一大帮孩子便跟随到哪儿，似群蜂簇着花朵一般，赶都赶不走。当然，这挑糖担子的有两种。一种就是我想说的，吹糖人，抑或捏糖人的；另一种便是换糖的，不仅敲着小铜锣，嘴里还吆喝着“鸡毛、鸭毛、甲鱼壳换糖啰——”

无论是哪一种糖担子，他们的担子上都有着同样吸引孩子的东西：糖！实在说来，糖，在那个吃饱肚皮都不易的年月，无疑是个奢侈品。现如今，家长不让孩子多吃糖，不是糖有多精贵，而是多吃影响身体健康。真是此一时，彼一时也。

与面塑有个响当当的祖师爷相仿，糖塑的祖师爷，丝毫不比前者逊色。细较起来，甚至更为资深。此人乃朱元璋的军师：刘伯温。

你还别说，这刘伯温还真是厉害。他除帮助朱元璋打江山、建立了赫赫功勋外，还与多个民间行当的发生、发展和繁荣有着千丝万缕的联系。如果读者朋友还有印象的话，我曾介绍过我家乡的戴窑砖瓦及戴窑砖瓦雕刻，就跟刘伯温有很大关系。

现在，我接着面塑后面，将要介绍的糖塑，怎么又会跟大名鼎鼎的刘伯温扯上关系的呢？诸君且容我慢慢道来。

这里有两个版本。版本之一：说是朱元璋在平定大东北战役中，当地武装放出毒蜂蜇伤打头阵的将士，致使战役久攻不下。能谋善断的刘伯温，巧妙利用蜂类嗜甜之特性，命人大量熬制麦芽糖，将麦芽糖的汁液涂抹在穿着军衣的草人上。如此一来，士兵们冲锋时，将草人高举在前，麦芽糖的甜味，一下子将毒蜂全都吸引到了草人上。毒蜂拼命吮吸着麦芽糖的甜汁，早把蜇人之正事抛到“洼瓜国”去矣。

版本之二：话说明洪武初年，朱元璋为了巩固自己的皇权，坐稳朱氏江山，不惜大开杀戒，致使不少开国功臣被杀。一时间朝野上下，人心惶惶。那些原本是朱元璋的股肱之臣，一个个都想方设法，以求自保性命。这当中就有刘伯温。

据说，刘伯温曾一度乔装改扮，暂离南京，以“吹糖人”掩饰自己的真实身份。正因为如此，刘伯温便成了里下河一带及长江中下游地区糖塑行业艺人的祖师爷。时至今日，每年的农历八月十五，糖塑艺人都还要参拜“刘祖师爷”的。

我当然不想反复唠叨这神通广大的刘伯温，而是想向读者朋友们再介绍一位我们当地的糖塑艺人谢荣安，当地人称其为“糖人谢”。巧的是，这“糖人谢”，与前文我所推介的“面人王”王洪祥，乃同乡是也。

这“糖人谢”谢荣安，姜堰白米镇人氏。家中有兄妹5人，日子过得十分清苦。为谋生计，谢荣安15岁时，便跟随一个名叫王学文的糖塑师傅学艺。

说起谢荣安的师父王学文，那可是个有着不凡经历之人。20世纪30年代，他就独闯上海滩，在老城隍庙一带靠糖塑手艺糊口谋生。

王学文的糖塑技艺，那就一个字：绝！他吹出的鸟儿，展翅欲飞；他捏出的人物，似有呼吸；他制作的花卉，招蜂惹蝶。特别值得一提的是，他捏制的军号，不仅外形与真的军号如出一辙，而且吹奏起来的号声，几可乱真。

王学文这一糖塑绝技，一下子名震上海滩，得到了不少洋人的青睐。他的糖塑军号，在那些远涉重洋的老外手里，边吹边走，“呜里哇啦”“呜里哇啦”，响个不停，很是新奇，成了上海滩老城隍庙一带一道颇为有趣的“西洋景”。

这“西洋景”，被一些外国媒体加以渲染报道，让王学文成了上海滩很有影响力的糖塑艺人，因此获得了“糖人王”之称号。

晚年的王学文，叶落归根，从上海回到老家江都。这让谢荣安拜师学艺有了机会与可能。或许谢荣安天生就是吹糖人的材料，据说他在师父悉心传授之下，仅用百日就满师回家了。这在任何一门手艺的学习传承中，都极为少见。

“百日满师”之殊荣，让谢荣安有了一份自信和期盼。他白天挑着糖担子走村串巷，夜晚则在灯下潜心钻研糖塑技巧。不厌其烦地反复实践，还真让谢荣安在“吹”和“塑”的巧妙结合上，有了新的感悟，摸索出了新的门道。譬如，做一只小猪，在“吹猪身”的同时，谢荣安便将“伸猪腿”“捏猪嘴”“拉猪耳”一并进行。不一会儿，一只憨态可掬的糖小猪，似乎从谢荣安手指间蹦跶而出，告诉人们什么叫“一气呵成”。

常言说，功夫不负有心人。经过几年的刻苦努力，谢荣安在前人的基础上有所突破，有所创新，并且总结出了“十字经”：扯、吹、拉、捏、搓、接、贴、剪、压、定。为自己赢得了“糖人谢”之美誉。

一件糖塑作品，从坯料加工到制作成形，大致有7道工序：选料、熬膏、调色、扯拉、吹塑、成形和固定。这当中，最重要的工序，当然是吹塑。“吹”和“塑”，在实际操作时，绝对不可截然分割。“吹”，要控制好运气的大小、力度的强弱，做到边“吹”边“塑”。这就需要艺人根据制作物件要求，进行“拉”“捏”“扭”“压”等一系列动作，直至所制作的物件完全成形。

衡量一件糖塑作品是否成功，因素固然很多。然而，作品的外观，直接影响着顾客给出“印象分”的高低。因此，调色这道工序完成得如何，至关重要。调色之关键，是要把握好火候，进行色素与糖稀的融合。通常加入的食用色素为黄、蓝、黑、红4种，需要艺人根据作品题材，进行合理分工，巧妙搭配，让色彩成为作品丰富和饱满的催化剂。

《白鹤戏荷》《凤凰展翅》堪称谢荣安的代表之作。前者，一只丹顶白鹤立于一荷叶上方，曲颈注视着前方的另一片荷叶，嬉戏之意尽现。后者，一只翘首观望的凤凰，振动着长长的尾翼，似乎在向人们展示其靓丽而多彩的羽毛，富丽华贵。

谢荣安的糖塑占尽了“鲜”“活”“灵”“动”四字，让原本普普通通的糖料，鲜活了起来，灵动了起来，有了生机，有了生命，具有了民俗价值、艺术价值和人文价值。

只不过，早年那种“肩担糖担走四方，敲起铜锣响当当；儿童一见笑颜开，争相前来购塑糖”的景象，现在已不存在矣。糖塑，这样一种古老的民间手工艺，正与我们现代人的生活渐行渐远，几近失传。我真的不知道，“糖人谢”的糖担子究竟还能挑多久呢？

2022年3月25日于海陵莲花

11

拆除藩篱，让生命信马由缰

在『青蛙』变『王子』、『灰姑娘』变『公主』的过程中，人必然滋生出许多外在的、内在的附着，亦为许多外在的、内在的藩篱所牵绊，失去的是无比宝贵的童真和天性。

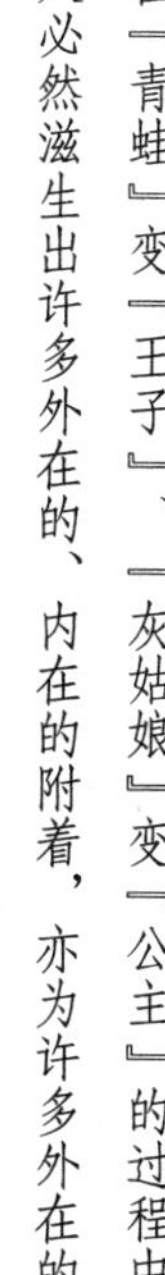

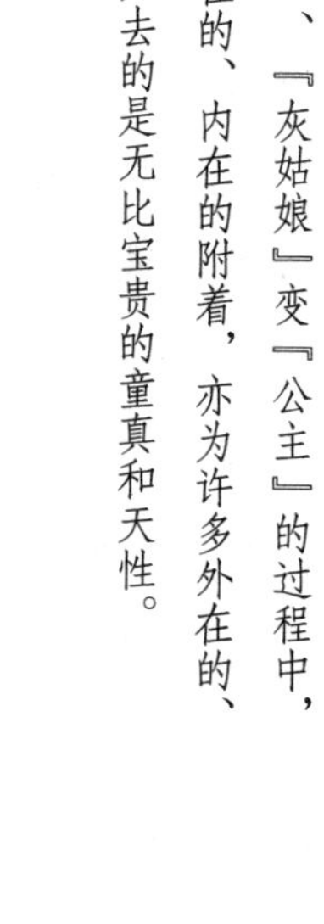

生命的光辉绽放，需要自由生长的空间。这是常识。早在170多年前，一位匈牙利诗人就曾写过这样的诗句：“生命诚可贵，爱情价更高。若为自由故，二者皆可抛。”

一个人，从母胎孕育开始，及至降临人世，及至长大成人，虽褪去了最初的皱痕、胎记，乃至稀疏的毫毛，一句话，由“婴儿丑”蜕变成漂亮宝贝，竟至长成俊男靓女，玉树临风，花枝招展，赢得的自然是“啧啧”赞叹。然而，在“青蛙”变“王子”、“灰姑娘”变“公主”的过程中，人必然滋生出许多外在的、内在的附着，亦为许多外在的、内在的藩篱所牵绊，失去的是无比宝贵的童真和天性。

人类亦是如此。从法国纪录片大师雅克·马拉特的电影《人类的起源》中，我们得知，1000万年前，几个勇敢的先行者颤抖着站了起来，成为人类的先驱。面对来自四面八方的危险，先驱们努力抗争，学会了创造，学会了直立行走。他们跨过整个大陆和海洋，探索并最终征服了这个世界。那时的人类，没有肤色之分，没有区域之分，没有种族之分，没有性别之分，亦没有宗教信仰之分，那是人类的童真时代。

我们就是他们的后代！无论今天我们的肤色是黑、是白、是棕，还是黄；无论今天我们是居住在亚洲、欧洲、非洲、美洲，还是大洋洲；无论今天我们属于什么民族，有什么样的宗教信仰，有再多的区别和不同，都不能否认一点：我们曾经都是同一个祖先的后裔。

凭借着坚毅而顽强的生命力，祖先们把他们的认知和本能遗传给了后代，血脉相连，薪火相传，生生不息，延续至今。正是凭借着人类血脉绵延不绝的传承，我们才能追溯自己的本源，去研究我们的过去，并追随先祖的足迹。

不难发现，人类在漫长的进化进程中，创造了许多宝贵财富，舞蹈便是其中之一。这是人类与生俱来本能的一种艺术形式。这种用肢体姿态来抒发、表达情感，传达生产技能与信息的行为，在其诞生之初，没有地域、国界、种族和民族之分，是人类共通的形体语言与心灵感悟。

作为一个唯物论者，我是相信舞蹈源自古人之劳作。人类在长期的生产劳动中，大脑逐渐发达，经过锻炼的四肢，变得自由而灵巧，成为表达情感之载体。于是乎，人们情之所至，便极自然地“手之舞之，足之蹈之”，因得意而忘形。

“击石拊石，百兽率舞”，语出《尚书·舜典》，生动再现了先民们模仿狩猎时的情景：一部分人敲击石块狩猎，另一部分人学着各种动物的样子跳舞。

原始舞蹈的诞生，不仅有典籍记载，且有实物佐证。20世纪70年代初，在青海大通县孙家寨属于新石器时代的墓葬中，就发现了一件距今5000多年的彩陶盆。彩陶盆上部绘有三组舞蹈图，每组5人，形态颇生动。但见其身体微侧，相互牵手，动作协调。此5人，还是经过精心装扮了一番的。头部饰物下坠，身后有装饰性的尾巴，显然是要化装成鸟兽模样。据相关专家陈述，这是迄今为止发现较早的舞蹈形象，弥足珍贵。

这种起源于人类劳动生活，从生命中流淌而出的舞蹈，理应保持其自由生长的旺盛生命力。在我的印象中，就有几支有所传承、风格各异、绚烂耀眼的民间舞蹈，值得向诸君推介。

安塞腰鼓。写下这四个字，我的头脑中浮现出的，是这样的画面：

朗朗晴空之下，厚厚黄土地上，于黄土飞扬之中，传来震天的鼓声和震天的吼声。但见一群金刚般精壮的陕北汉子，头上是耀眼的白（扎着白羊肚手巾），腰间是鲜艳的红（扎着红布带），下身是浓浓的黑（穿一色黑袄裤）。一个个精神抖擞，气宇轩昂，在牛皮大鼓的助威下，齐齐地舞动着。

你看——

他们前进。他们后退。他们踢腿。他们转身。展，转，腾，挪，如入无人之境。他们一会儿是奔跃的猛虎，一会儿是翻腾的蛟龙。黄尘漫天，人影迷幻。鼓点激越，吼声飞扬。

这些安塞的舞者，是如此之酣畅，如此之激昂。他们带来了千军万马奔腾不息之壮阔，他们带来了滚滚黄河咆哮轰鸣之激荡。

是他们，是这150条陕北汉子，演绎了安塞腰鼓之于生命的狂想。

这一幕发生在陈凯歌执导、张艺谋摄影的影片《黄土地》在安塞的拍摄现场，时间是1984年5月。

由此，安塞腰鼓走出了黄土高原，走上了央视联欢晚会的舞台，走进了第11届亚运会开幕式，参加了国庆45周年、50周年天安门广场庆祝游行，还参加了香港回归的庆祝大典。刘延河、谭海则、白光东等安塞鼓手，因表演安塞腰鼓获得了中国民间舞蹈最高荣誉大奖，安塞被文化部命名为“中国腰鼓之乡”。

安塞腰鼓，让黄土地上那种粗犷豪放、剽悍威猛、刚劲激昂、大气磅礴的生命张力，得以彰显与传扬。

苗族芦笙舞。花场上，悠扬舒缓的芦笙响起，一群苗族姑娘，银光闪闪，花枝招展，翩翩起舞。但见，姑娘们一个个绾发高耸，头插锦鸡银饰，颈戴银项圈，手戴银手镯，脚穿翘尖绣花鞋，脚腕系小银铃。最是姑娘们身上那开襟短绣衣和超短绣花百褶裙，以及裙前裙后的花围腰和后腰上的手织花带，色彩艳丽，绚烂夺目。

姑娘们和着吹芦笙小伙子的曲调、节拍，舞动着，银角冠摇摇点点，银锦鸡跃跃欲飞，花飘带飘飘闪闪，百褶裙银羽翻飞。

这会儿，吹芦笙的小伙子当然不会闲着，边吹芦笙边向心爱的姑娘“讨花带”呢。我倒是很佩服小伙子的眼神，于花团锦簇之中，一眼就能看中自己的心上人。要知道，花场上盛装的苗族姑娘们，恰似一个模子里克隆出来的，外来人根本分不清的。当然啰，人家小伙子那是用心在看，自然心心相印。

你看，还真有姑娘将自己精心编织的花飘带拴在了小伙子的芦笙上，还给了一次含情脉脉的回望。不止于此，还有姑娘在吹芦笙的小伙子身后，尾随而舞，舞着舞着，将自己心爱的花飘带系在了小伙子的腰上。我知道，这叫“牵羊”。坏了，那一个吹芦笙的小伙子身后，怎么“牵”了不止一只“羊”？噢，几个姑娘盯上了同一个目标。那可咋办呢？嗐，甭担心！你看人家几个姑娘，牵着各自的花飘带，跟在小伙子身后踏节而舞，气氛好着呢！

我所描述的，是苗家“花山节”时所跳的芦笙舞，古时称之为“跳花”“跳月”，多在风清月明之夜的花场举行。这样的时间节点，与青年男女约会很是相宜。

这也对芦笙舞流行的贵州、广西、湖南、云南等地的苗族小伙子提出了要求：不会吹芦笙，不会跳芦笙舞，别想追到心爱的姑娘。难怪这些地方，孩童时期就开始学吹芦笙，跳芦笙舞，关乎着个人的终身大事呢！

无论是安塞腰鼓的狂放，还是苗族芦笙舞的舒缓，都是一种生命的节奏，呈现出了不一样的生命姿态，散发着人性美之光芒。接下来，我愿为诸君再推介一支更为阴柔唯美的民间舞：孔雀舞。

提及孔雀舞，有一人不得不提：杨丽萍，一个善于用肢体说话的真正舞者，一个从大山深处走出来的雀之精灵，一位顶级中国舞蹈艺术家。毫不夸张地说，是杨丽萍将孔雀舞跳到了极致，惟妙惟肖，纤毫毕现，一个精灵在她的舞蹈中诞生，一个生命在她的舞蹈中大放异彩。

孔雀，在傣族人眼里，是美丽和善良的化身，是智慧和吉祥的象征。他们习惯了和孔雀在一起的生活。于是乎，孔雀在山间飞跑，林中漫步，泉边戏水，相互追逐，亮翅开屏，凡此等等，无不映入他们的眼帘，成为他们的舞蹈语言。

清晨，一只洁白的孔雀飞来。但见它时而举头长鸣，时而轻盈地在头顶啄食，时而在泉边俯首戏水，时而随风旋舞。杨丽萍在《雀之灵》中的表演，突破了具象的模拟，再现了孔雀的美丽和圣洁。手、腕、臂、胸、腰、髋……杨丽萍全身所有的关节，在置身舞蹈的那一刻，都散发着神奇的华光，一个灵性而超然的雀之灵就此诞生。如梦如幻的《雀之灵》，是杨丽萍对生命的认知和体悟，当然也蕴含着舞蹈家对人生的探索与追寻。

杨丽萍，指形变幻莫测，臂膀修长灵动，身体柔美妙曼，她不仅仅是向我们呈现一种美丽，更是一种高洁。她用舞蹈，洗涤和净化着我们的灵魂。

有评论者认为，杨丽萍的舞蹈证明了“民族的就是世界的”。我以为，此表述不太严谨。一直以来，此言都是强加给鲁迅先生的。因为在《鲁迅全集》中，无此踪迹。如果硬要找个出处的话，那便是先生在《致陈烟桥》一文中，有一段由木刻创作而至文学创作的论述，现将相关内容摘录于此：

> 现在的文学也一样，有地方色彩的，倒容易成为世界的，即为别国所注意。打出世界上去，即于中国之活动有利。可惜中国的青年艺术家，大抵不以为然。

我想，这两者之间，似乎应加上一个字：性。具体说来，只有具有了“民族性”，方能具有“世界性”，唯如此，才能走向世界。否则，只能囿于某民族，囿于某一域，而自生自灭。这无疑给当下极火的面广量大的民间“非遗保护”，提出了更高要求。

说起来，大量的民间舞蹈，同样存在“非遗保护”这样的课题。在我工作生活的泰州地区，自然也会有丰富的民间舞蹈存在，地方上也在想方设法进行着非遗保护。这些地方上的民间舞蹈，从影响力和知名度来衡量，似无法与安塞腰鼓、苗族芦笙舞和孔雀舞等相媲美，然，它们自有其存在价值，为当地百姓所喜爱。

契诃夫就曾说过类似的话，大狗要叫，小狗也要叫。诸君不妨听听我笔下的两只小狗是怎么叫的。

先请听一段泰兴花鼓词——

媒人媒人你请坐，
你家姑娘不成货。
叫你姑娘去扫地，
拿起笤帚舞把戏；
……
叫你姑娘去洗锅，
蹲在水边摸田螺；
叫你姑娘去烧火，

火叉尖上炸白果；

……

从这首《媒人媒人你请坐》的花鼓词中，诸君不难发现，泰兴花鼓，通俗易懂，欢快诙谐，地域特色浓郁。

泰兴“花鼓”

表演泰兴花鼓时，表演者手举红灯笼，边唱边舞。唱的曲调主要有“花鼓调”“跨金索”和“倒花篮”，皆为苏北地方民间小调。通常以“花鼓调”开场，表演者轻快的舞步、逗趣的动作，一下子就把现场气氛调动起来。之后的“跨金索”，则变得舒缓而抒情，让观众沉浸在花鼓的表演之中。在舒缓抒情的表演过后，“倒花篮”，让音乐节奏一下子加快了许多，旋律也变得高昂起来，表演者腾空跳跃，滚动旋转，动作幅度大，表演难度高，将整个演出推向高潮。

泰兴花鼓在漫长的演绎过程中，形成了自己的经典动作，如“喜鹊登梅”“玉兔拜月”“游龙戏珠”“金猴爬杆”“枯树盘根”等。

譬如“喜鹊登梅”，其动作特点是前后跳跃，灵动活泼，恰如登在枝头的喜鹊，不停地跳来跳去，动感十足。顺便说一句，曾经在1986年全国民间音乐舞蹈比赛中荣获一等奖的舞蹈作品《担鲜藕》，就借鉴吸收了泰兴花鼓中“喜鹊登梅”等舞蹈动作。

再如“枯树盘根”，男表演者托红灯，女表演者打莲湘，在5拍之中，女表演者紧紧围绕着男表演者，由低到高，自左向右，完成用莲湘两头击地、击脚、击手、击肩等十几个动作，一气呵成，在此过程中实现男女表演者位置互换，完成180度的身体旋转，呈现出一枝青藤缠绕大树的精彩情境。

泰兴花鼓通常由6人表演，又称“六人花鼓”。凡事也不绝对，不足6人时，2人、4人也可表演；多于6人时，8人、12人亦可同台。有一点，男女人数不能相差，须成双成对方可表演。

泰兴花鼓表演，多半在庙会、集市之类的活动上，以春节过年时表演为最盛。你想啊，忙碌了一年的庄户人，谁不想喜喜闹闹过个红火年呢？这以红灯为主要道具的泰兴花鼓再应时应景不过了，红火、热闹、喜庆，当地百姓能不喜欢？实在说来，人活于尘世，洗涤灵魂固然重要，享受世俗亦无可厚非。

再说一则流传于我老家兴化的民间舞蹈——“判官舞”。据说，跟一个名叫李承的判官有关。

地处里下河水乡的兴化，河网纵横，地势低洼，水灾频发。受东部海潮的冲击，常常会地淹房毁。灾害严重时，甚至会家破人亡。在此境况下，人们只得外出逃荒，靠乞讨为生，日子苦不堪言。

到了唐大历二年，也就是公元767年，淮南节度判官李承主建常丰埝，在兴化东部筑起了拦海大坝。由此，海水不再倒灌，坝西泽地变良田，百姓安心耕种，日子得以好转。

兴化“判官舞”

兴化百姓将原有的傩舞，演绎成了纪念李承的“判官舞”。这判官舞，大致可分为“祈福”“酬神”“娱人”和“憎恶”四类。

灾难频发，让兴化先民对大自然由恐惧转向敬畏，祈求神明保佑，多降祥瑞。于是乎，祈福判官舞登场。

这时，“判官舞”中的“判官”，打开手中的“爱憎分明簿”，向观众展示出“敬重天地”“天地良心”等字样，并配以叩拜、托魁、点斗等相应舞蹈动作。

求神得偿所愿，当事者自有一番感激之情，借助酬神判官舞加以表达。“判官”同样要打开手中的“爱憎分明簿”，只不过展示的内容与祈福类不同，多为“孝敬父母”“知恩图报”之类，“判官”也要表演“大开门”“小开门”“叩拜”等舞蹈动作。这一环节的音乐较为热烈、明快。

“判官”为取悦现场观众，也会即兴展示自己的舞蹈才艺，跳起娱人的判官舞。为化解即兴表演能力稍差“判官”之尴尬，这一环节有一些程式化的逗趣动作，如“梳理马背”“泼水浇马”“牵马而行”等，可直接套用。

既为“判官”，理当爱憎分明。憎恶类判官舞，其警醒作用不容小觑。此时的“判官”一手执簿，一手握笔，在所展示的“忤逆不孝”“仗势欺人”“作恶多端”等字样上指指点点，并配以“撞钟”“扫堂”“击鼓”等舞蹈动作。

顺便说一句，就“判官”这一表演角色而言，还有

“文判官”与“武判官”之分。“文判官”，头戴乌纱帽，身着官袍，留有长须，一副慈眉善目的模样。但见其手拿“斗笔”和“生死簿”，一直处于工作状态。如果碰到有“路祭”，抑或有民众欢迎，燃放了鞭炮之类，“文判官”便要当场表演。

“武判官”与“文判官”装扮不同，主要在：“武判官”背插靠旗，面涂油彩，手持锏锤；“武判官”立于高椅之上，由四人抬行，因而又称“抬判”；“武判官”以毯子功为主，可在高椅上表演劈叉、展翅、翻滚、倒挂等高难动作，吸引观众目光，赢得喝彩和掌声。

兴化判官舞的音乐，多为民间小调，诸如《八段锦》《苏武牧羊》之类，所用乐器有二胡、笛子、唢呐、月琴、堂鼓、响板，还有锣、钹之类。“判官舞”表演时，有专人负责指挥乐队与表演者的配合。特别是“判官”在表演高难度、紧张激烈的舞蹈动作时，乐队的锣鼓点子一定要跟着紧张起来。用内行人的话说，要敲出“出窍”的点子来，这样才能让观众全身心地沉浸在表演当中，欣赏到完美的表演。

兴化判官舞，让老百姓敢爱敢憎，敢于挞恶扬善，活出“人”的模样。

是的，活出“人”的模样！饱受浸染的我们，饱受诱惑的我们，是否还记得先祖的模样？是否还记得来时的路？“我是谁？”“我从哪里来？”“我将到哪里去？”这经典三问不是一直在我们脑海中盘旋吗？有答案吗？难说。

“初心”一词近年来热而至火。《华严经》有语意云：不忘初心，方得始终。我们真正严肃认真地思考过自己的“初心”吗？从“几个勇敢的先行者颤抖着站了起来”之后，人类所走过的漫长岁月，被我们津津乐道的几千年文明史，被我们引以为豪的发展与进步，是我们的“初心”所需所求？该怎样衡量和判定呢？

这一路走来，我们是否像丢进深潭之中的一枚小小的田螺，若干年之后，被捞出水面，虽然长大了许多，螺壳内饱满了许多，然，变大的螺壳上，也生长出了厚厚的垢和长长的绒毛。

毫无疑问，现代文明让我们有太多的附着和改变。在先祖那里答案何其明晰的“三问”，在我们这里变得十分迷惘而纠结。能否将有形无形的藩篱拆除，让每个生命的个体信马由缰，在心灵牧场上自由奔放，恣意张扬，决定着我们能否回归宝贵的童真时代，决定着我们能否找到真正的希望。

这无疑极其艰难，似无路可寻。然，如欲一试，不妨从民间入手。譬如，从民间舞蹈中蕴藏着的原始生命力，或许可以让我们去寻找生命最原本的模样和姿态。

但愿，当下我们各层各级都在极力倡导的各种“非遗保护”，能让包括民间舞蹈在内的众多民间瑰宝健康生长，而不会成为新的藩篱。

2021年2月13日于天禧玫瑰园

于细微之处见精神

12

我发现，『精致生活』也好，精致城市也罢，精致于细节成为共识。正所谓，于细微之处见精神。

我是一个眼界和胸襟都不算开阔的作家。实在说来，如果不是汪曾祺先生在不断将其家乡高邮引入笔端的同时，也写到了我的家乡兴化，我必须向诸君坦白：我是不会像现在这样刻骨铭心地喜欢汪曾祺先生及其作品的。

不妨试举一例。《大淖记事》是获得了全国优秀短篇小说奖的作品，堪称经典。汪老在这一作品中，就写到了我家乡兴化的锡匠——“兴化帮”。

> 这里还住着二十来个锡匠，都是兴化帮。这地方兴用锡器，家家都有几件锡制的家伙。香炉、蜡台、痰盂、茶叶罐、水壶、茶壶、酒壶，甚至尿壶，都是锡的。嫁闺女时都要陪送一套锡器。最少也要有两个能容四五升米的大锡罐，摆在柜顶上，否则就不成其为嫁妆。出阁的闺女生了孩子，娘家

要送两大罐糯米粥（另外还要有两只老母鸡，一百鸡蛋），装粥用的就是柜顶上的这两个锡罐。因此，二十来个锡匠并不显多。

……

锡匠们上街游行。这个游行队伍是很多人从未见过的。没有旗子，没有标语，就是二十来个锡匠挑着二十来副锡匠担子，在全城的大街上慢慢地走。这是个沉默的队伍，但是非常严肃。他们表现出不可侵犯的威严和不可动摇的决心。这个带有中世纪行帮色彩的游行队伍十分动人。

从以上两节的摘录中，诸君便可知，我所言不虚。《大淖记事》描写的是民国时期的故事，其中兴化锡匠帮中的“十一子”是小说众多人物中较为重要的一个。汪先生的家乡高邮，与我的家乡兴化紧邻，同处里下河地域，两地不少风土人情是相似的。所录小说第一节，便是写高邮人喜欢用锡器之习俗，这与兴化人的习惯完全一样。第二节则是写锡匠们为了“十一子”游行的事，让读者了解到兴化锡匠是一帮什么样的人。

汪老先生的这两段描写，从一个侧面说明了兴化锡

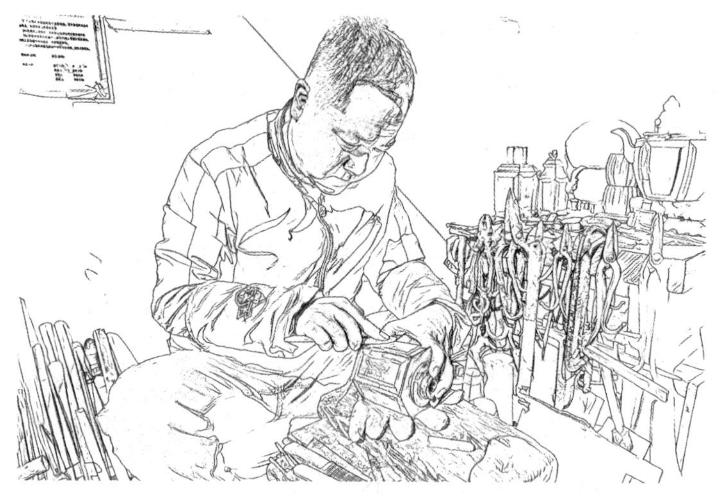

兴化锡匠

匠和锡器制作的影响力。试想，如果锡器制作这一行当，在兴化历史不悠久，不盛行，在周边地区不知名，断不会在民国时期的高邮，出现一个锡匠兴化帮。

事实也正是如此，锡器制作，在兴化可谓是颇具渊源。明朝初年，由于大量江南人移民兴化，带来了大量的民间工艺和江南文化。及至明中期，兴化就出现了70多个门类、300多家商行和商号。其中，占有重要地位的便包括锡器制作。随着民间锡器使用日益普及，锡器已经融入百姓的日常生活。兴化城乡，随处可以看到锡匠铺子和挑着锡器担子的锡匠。

到了清朝中期，兴化锡匠已达数百人，并成立了自己的组织——“兴化锡匠会”。每年农历八月十八，是锡匠集会的日子。这一天，无论离家多远，锡匠们都要赶回来。锡匠会信奉“太上老君”为祖师爷，因而集会时祭祀的自然是“太上老君”。“太上老君”在百姓中口碑极佳，总有一些善举为人们所称道，故而老百姓一直爱戴他老人家，祭祀仪式一直延续至今。

游走城乡的锡匠们，所有的家当便是一副锡匠担子，作业过程也并不复杂。这在汪曾祺先生的小说《大淖记事》中亦有较为详细的描述，不妨摘录如下：

> 锡匠的手艺不算费事，所用的家什也较简单。一副锡匠担子，一头是风箱，绳系里夹着几块锡板；一头是炭炉和两块二尺见方，一面裱着好几层表芯纸的方砖。锡器是打出来的，不是铸出来的。人家叫锡匠来打锡器，一般都是自己备料——把几件残旧的锡器回炉重打。锡匠在人家门道里或是街边空地上，支起担子，拉动风箱，在锅里把旧锡化成锡水——锡的熔点很低，不大一会儿就化了；然后把两块方砖对合着（裱纸的一面朝里），在两砖

之间压一条绳子，绳子按照要打的锡器圈成近似的形状，绳头留在砖外，把锡水由绳口倾倒过去，两砖一压，就成了锡片；然后，用一个大剪子剪剪，焊好接口，用一个木槌在铁砧上敲敲打打，大约一两顿饭工夫就成型了。锡是软的，打锡器不像打铜器那样费劲，也不那样吵人。粗使的锡器，就这样就能交活。若是细巧的，就还要用刮刀刮一遍，用砂纸打一打，用竹节草（这种草中药店有卖的）磨得铮亮。

汪先生作为一位小说家能把锡匠工艺描述得如此清楚，实属难得。他在锡器制作即将完成时所描写到的“打磨”环节，正印证了锡匠们挂在嘴边的一句话：“三分做，七分磨。”可见打磨是何等重要。从汪先生的描述中，不难看出锡匠打造锡器的整个工艺流程：熔解、压片、裁料、造型、焊接、刮光、打磨。如果所制锡器更为精致，则还需要增加两道工序：装饰、雕刻。有时碰到一些特殊的器皿，如锡包瓷、锡包铜、锡包玻璃，又得费一道手脚。

不难看出，锡匠们平时打造的物件，也正如汪先生小说所描述的，是些百姓日常生活之必需品。除了汪先生在小说里已列举的，这里不妨再点出几样：汤壶，冬天取暖用的，俗称“汤婆子”；还有贮罐、烟盒、粉盒、杯盏等，可谓是涵盖生活的方方面面，一时还真难以说全。除了生活用品之外，还有一大类，汪先生在小说中提及甚少，那就是祭祀用品。不妨也列举一二：除汪先生提及的香炉之外，还有烛台、冥供、花扦等。

这会儿，我要说的是，人们在一种锡制器皿上，有如此精细之制作，无疑是在追求一种有品质的生活。

现代文明日新月异。现代人在对品质生活的向往中，“精致”成为高频词。民众心里盘算的是，怎样将自己的日子贴上“精致”标签，享受“精致生活”。地方管理者千方百计谋划的是，怎样将自己所管理的城市贴上“精致”标签，成为“精致城市”。

距我居住地不远的扬州，早几年就提出了建设“精致扬州”。当然，我所生活工作的泰州也不甘落后，提出了建设“品质泰州”。然而，在江苏，恐怕哪座城市也“精致”不过苏州。苏州的“精致”早就闻名遐迩。上有天堂，下有苏杭。这话可不是随随便便说的。不过，在这方面，谁也不好跟威海比。习近平总书记2018

年6月12日视察威海时，就明确提出“威海要向精致城市方向发展”。

我发现，“精致生活”也好，“精致城市”也罢，“精致”于“细节”成为共识。正所谓，于细微之处见精神。

回到兴化的锡器制作上，当下兴化锡匠艺人中的佼佼者陈连富，在前人精细制作的基础上，追求精致。他总结出了自己锡器制作八法：浇焊、锉刨、车圆、锤打、烧制、刀刻、组装、钻花，这对于保存和传扬这一传统的民间工艺，无疑具有着非常重要的意义和价值。

然而，不容否认的是，陈连富所从事的行当，正日益远离我们的视线。在《大淖记事》中极具影响力的“兴化帮”，早已风光不再。锡器，在地方百姓生活中，再也不是无所不在的主角矣。

所幸的是，锡器尚未从人们的日常生活中彻底消失。在一些有“雅兴”的文玩爱好者、收藏者那里，总有一两件锡制器皿，擦得锃亮，置于博古架上，为主人的生活增添些许优雅和精致。

我想，这无疑让陈连富们锡炉中的炉火不致熄灭，让兴化锡器制作得以传承弘扬。说到传承弘扬，怎么样让原本活跃在人们生活里的锡器，走下博古架，走进人们生活中的每一天，这大概是陈连富们需要思考的问题。在这一点上，陈连富不妨请教自己的老乡赵蓉，从挑花吸收现代元素，精致着人们生活的实践中，定能得到有益的启迪。

锡器制作，是家乡兴化男性手中的绝艺。而挑花，则是家乡兴化以赵蓉为代表的女性手中的绝艺。这两者相较，一刚一柔，一阳一阴，看似有天壤之别。究其本质则完全一样：于细微之处见精神。

兴化“青布挑花”

挑花，是一种装饰性极强的民间刺绣工艺，为抽纱之一种，也称“挑织”“十字花绣”“十字挑花”。

挑花者多在棉布或麻布上操作。由布面的经纬线入针，用彩线“挑”出众多小“×”字花头，密密麻麻，构成各种图案，在诸多生活用品之上呈现。绣有挑花的生活用品，一下子精致了许多。使用挑花用品的普通民众，生活中有了更多美感。

挑花，在我国多地流传。因流传地区不同，亦呈现不同风貌。四川郫县、茂汶的挑花，素雅古朴，图案及针法富于变化，装饰性强；湖南的挑花，色彩对比强烈，格调明快热烈，深蓝黑的底布，纹样五彩缤纷，秀丽丰满；安徽合肥、望江的挑花，多用铺花和纤花针法，严谨细致，以工整见长；陕西的挑花，自由活泼，不拘一格；北京的挑花，就地取材，以名胜古迹、古代建筑入图，自有一番庄重与大气。

作为挑花六大流派之一的兴化青布挑花，是我想详细叙述的。

先给诸君说一说前文已提及的赵蓉，一个兴化姑娘，兴化青布挑花传承人。闲居家中的赵蓉，将发髻梳盘于头顶，着中式花布服饰，清爽干练，安静文雅。说是闲居，赵蓉总是在忙着一件事，闲不下来。她身边总是少不了青布绣品，手中少不了绣针。明眼人一望便知，她在进行青布挑花作业呢。手中针线滑过，青色底布上，树木花草丛生，鸟翔枝头，虫鸣花丛，栩栩如生。

身为兴化青布挑花传承人，赵蓉当然知道自己肩负的使命和责任。想当年她填写高考志愿时，没半点犹豫，选择了服装设计专业，就是梦想着有朝一日，能将传统的挑花融入现代服装设计，融入现代人的生活之中。

说起兴化青布挑花，首先在底布上就显得与众不同——青布。其流传地域为苏北里下河地区，特别是兴化一带。

在以前的兴化，懂事之后的姑娘，一定会跟着家中妈妈、奶奶，门上婶娘、大妈，亲戚中的姨娘、姑妈之类，学做针线活儿。这针线活儿一拿上手，就丢不开了，便一直做到姑娘出嫁。因而，姑娘在娘家做的最后一件针线活儿，多半是自己的嫁衣。

在这众多的针线活儿当中，青布挑花便是其中重要的技艺之一。一个姑娘家如果不会青布挑花，与旁人比起来自然就逊人一筹。嫁到婆家去，在婆婆面前也就稍有欠缺，头不能抬得那么高。

赵蓉的一手绝艺，源自外婆的传授和自己的潜心摸索。她的设计，在女性手提包、挎包上有所呈现，让传统技艺焕发出时尚之光，为众多职场女性所喜爱。据说，赵蓉的挑花用品，在电影界、戏剧界拥有大量粉丝。这也让青布挑花为更多人所熟悉。

不妨听一听赵蓉关于兴化青布挑花的介绍——

青布挑花从技法上讲，不同于一般的刺绣。一般而言，刺绣注重的是“绣”，而青布挑花注重的是“挑”。待字闺阁之中的姑娘，多半在自家织造的藏青土布上，依照代代相传的花纹纹样进行挑花作业。其针法为“十字交叉”法。其中针脚为“×”字形的，称之为“十字绣”；针脚为“一”字形的，则为平线绣。

青布挑花在“挑”法上，有单面挑和双面挑两种。不言而喻，单面挑较之双面挑，针法要简单许多。双面挑，则是用特殊针法，挑出正反两面都一样的图案。似与苏州双面绣有异曲同工之妙。

青布挑花，包括团花、边花、角花、填心花等，其图案有近40种之多。这些图案，挑绣在被面、门帘、窗帘等大一点的物件上，而像香袋、袜带、方巾、围裙等女性用品上则更为常见。当然，这样一种独特的挑花技艺，其用品也是不会排斥男性的。像褡裢、腰带、烟袋之类，皆可绣上花案。其中，年轻姑娘最喜欢绣的，则是给自己意中人的定情信物，哪怕是一方手帕，也要绣上个并蒂莲，以表心迹。

在图案选择上，曾有人建议赵蓉胆子再大一点，抛弃传统图案，选用现代流行图案。对此，赵蓉态度鲜明："图案不能改！它们是一代代挑花人智慧的结晶，没有书面记载，只能手手相传。这一改，传统的根就断了，宝贝就没啦！"

"看到老虎肚子里的小老虎了吗？"赵蓉随手拿起一件挑花作品，进一步解释道，"这就是传统的魅力！"的确，将小老虎绣在老虎腹中，虎妈妈的形象生动逼真，直接明了。因腹中的小老虎，让整个挑花作品"活"了。

前面已经提及，青布挑花所用的布多为自家织造的，俗称"家机布"。被染花的家机布又叫"大布"。这种布被染成青色作底，挑花的人，靠手中的一根针、一根线，在"大布"上交替挑绣，绣出各种各样的图案。

挑花所用的针，和通常的绣花针并无二致。然而，它却有个富有诗意的名字——“雪花针”。赵蓉说她曾听外婆讲过“雪花针”的传说。

相传在兴化林湖隐山头附近，住着位老婆婆。老婆婆真的很老很老了，不仅头发全白，就连眉毛也白得十分彻底，无一杂色。她孤身一人，过着日出而作、日落而息的生活。每日里，捡柴，栽种，捻麻，绣花，从早到晚，就这么忙碌着。老婆婆日子过得十分节俭，时常接济别人，在四邻八乡中有了乐善好施的好名声。

有一年冬天的一个清晨，天下着鹅毛大雪，老婆婆刚端上饭碗准备吃饭，来了个姑娘，冻得浑身瑟瑟发抖，眼巴巴地望着老婆婆的饭碗。老婆婆连忙将饭碗递给了姑娘。

姑娘走后，老婆婆家里又来了两个乞丐，吃了老婆婆的中饭和晚饭。这样一来，老婆婆一整天都没吃东西。晚上，老婆婆饿着肚皮，坐在窗前绣花。

突然，一阵眩晕，老婆婆栽倒在地，手中的绣花针断了。这时，一阵雪风将8个相貌异常之人吹到老婆婆门前。门外风大雪大，老婆婆挣扎着起身，将他们让进屋子。

“老人家，我们已经几天都没吃东西了。你行行好，给我们一点吃的吧！”8人当中的唯一女子开口央求老婆婆。老婆婆抬头一看，那不就是早晨见到的姑娘吗？再细看其他人，其中有两个是登过门的乞丐。老婆婆心想：你们三个不是在我这里吃了早饭、中饭和晚饭，才让我一天没吃饭，怎么开口说几天没吃东西呢？

心地善良的老婆婆，心里虽这样想，嘴里却应着：“有！有！”于是，老婆婆将与自己相伴的报时公鸡杀了。

填饱肚子的他们，想报答老婆婆。老婆婆这才举起断了的绣针，唱道：“不要金，不要银，只求给根绣花针。”

他们当中的大胡子黑脸汉开口应承道：“这个容易。”但见他在门口捡了根柴棍，在手中搓了几搓，柴棍瞬间细成发丝，随后放在油灯上烧红，抛向天空。飞舞的雪花，落在烧红的针杆上，发出“哧哧”的声响。一股蓝烟飘散，一根银光闪闪的小绣花针，掉落在大胡子黑脸汉手中。“老人家，这根针你可要好好保管，传之后世。”

大胡子黑脸汉话音刚落，8人忽然没了踪影。老婆婆捏着雪花针，向天空连连作揖，叩谢仙人恩赐。“雪花针”也由此流传开来。

正因有了“雪花针”，挑花的人，才能用针将白线挑制在“大布”的经线和纬线交叉的网格上，形成较强的立体感。挑花时，行针的长短，用线的松紧，均须一致。挑绣至繁密之处，讲究的是针针相套，不露底色。而简省处，则可能仅有一朵小花，几根线条，亦需要用针到位，线条流畅，绝不能拖泥带水。这些要点，赵蓉早就烂熟于心矣。外婆不仅给她讲了“雪花针”的传说，更传授给她“雪花针”的技法。

由于一代一代挑花艺人的不懈追求，兴化青布挑花，在构图造型上，从日常生活中提炼概括，大胆取舍之后再进行夸张性处理，在主体图案两旁，配以一些陪衬彩饰。这些彩饰，多用红、黄、绿、蓝、青、紫、橙七色丝线挑绣而成，从而使整件绣品简练传神，意韵生动，色彩丰富而饱满。既有青铜纹饰的高古，又有秦砖汉瓦的粗犷；既有宋瓷的典雅，又有剪纸的简洁；既有苏绣的细腻，又有织锦的华美。

兴化青布挑花，是赵蓉们用一双慧眼和一双巧手相结合，创造出来的智慧结晶。藏青的布与绵白的线，在“大布”上的创造，是如此的质朴素雅，是如此的多姿多彩，散发着浓郁的地域风情和民间气息。

这一起源于唐宋，成熟于明清的特殊民间技艺，由于有了赵蓉们的发扬光大，一直在精致着我们的生活，于细微之处呈现出更多的精彩。

我知道，她在2011年成为市级青布挑花技艺传承人之后，就已经开始带徒授业，她的弟子中还有留学生。

我们完全有理由对赵蓉们寄予更多期待。

2021年2月17日于天禧玫瑰园

生死之间的生命装点

13

实在说来，国人对一个『死』字，向来讳莫如深。与之相反，对于『生』，尤其是『新生』，向来欢欣鼓舞。有论者认为，生与死是一个大话题。这是我们每个人都无法逃脱的命运。

曾几何时，获奥斯卡金像奖最佳外语片奖的日本电影《入殓师》，让“临终关怀”再度成为人们关注的话题。无独有偶，我的友人——小说家王树兴，于2014年出版了国内首部描写殡葬工生活的长篇小说《咏而归》，被誉为中国版的《入殓师》。

实在说来，国人对一个“死”字，向来讳莫如深。与之相反，对于“生”，尤其是“新生”，向来欢欣鼓舞。有论者认为，生与死是一个大话题。这是我们每个人都无法摆脱之命运。

然而，最近网上风传美国谷歌首席未来科学家Ray Kurzweil的惊人发布：到2029年，人类将开始正式走上永生之旅！到2045年，人类将正式实现永生！如果Ray Kurzweil之预言能够实现，那就意味着“死”，将不再是人类的终结；“死”，在可以预见的数年之后，将被人类终结。

要知道，Ray Kurzweil可是一位被比尔·盖茨称为“人工智能预测领域最牛的人”。Ray Kurzweil在20世纪90年代，就曾预测全球互联网普遍使用，人类用语言控制计算机，凡此等等，其预测准确率高达86%。细看Ray Kurzweil的理论支撑，“纳米机器人植入人体”“人体程序化，活成智能机器”“非生物技术优于人脑，借其优势实现永生”等一系列的论断，让我心里直打鼓，如此这番倒腾之后，人还是“人”吗？

请诸君原谅，我还是愿意在纯粹意义上来谈论人的“生”“死”。

就一个家庭而言，添丁增口，举家欢庆，乃人之常情。特别是多年求之不得的父辈，祈盼子嗣绵延、香火兴旺的祖辈、曾祖辈，面对一个鲜活小生命的降临，能不欢欣鼓舞、眉开眼笑吗？

在我工作生活的泰州地区，早先给予新生儿的礼遇是多重的。在我的记忆里，那时民众中“重男轻女”现象较为普遍，以至于那些头顶上留着小辫子的小男孩，被人开口叫起来，都叫“小八子”“小九子”，而在他们降生之前的姐姐们多半有“盼弟”“招弟”“来弟”之名。

其时，“重男轻女”在农村还是有其客观原因的。在以劳动力为主要生产力的年代，一个男性劳动力在农业生产中所能发挥的作用，当然要远远超过一个女性劳动力。偶尔也有女性劳动力超过男性劳动力的情况，但只是个别现象，并不具有代表性。基于此，家家户户盼生男丁成为一时之风气。

诸君还不要不信，汪曾祺先生的代表作《大淖记事》中，就有个年轻的兴化锡匠，名叫“十一子”。不要以为，汪先生写的是小说，虚构的。汪先生自己就曾说过，他写家乡高邮的作品，绝大部分都是有生活原型的。

说了这么多，是想告诉诸君，那时候给男宝宝和女宝宝的新生礼遇差别还是比较大的。我是家中唯一的男孩，小时候就有银项圈、银锁和银镯子。银锁是带银索子的那种。银镯子，又分银手镯和银脚镯。我的银脚镯戴的时间最长，直到在学校被同学讥讽，让我丢了大丑，才回家愤而将银脚镯撬断，结束了戴银脚镯的历史。

上述三种银器件，我的三个妹妹，只能拥有一件：手镯。这是我家的情形。更富裕的人家，银会变成金，即使不全部都是金，也会有几件纯金的，譬如金耳环之类。如若家中条件不是太好，银会变成铜，铜项圈、铜锁、铜镯子。家中男宝宝佩戴起来，黄灿灿的，也是蛮好看的。

在给新生儿的礼物中，有一样物件，不分男宝宝和女宝宝，只要是新生宝宝都有。这便是我今天要给诸君介绍的虎头鞋。

高港“虎头鞋”

提及“虎头鞋”，据说和观世音菩萨、红孩儿，以及一户李姓人家有关。在江苏中部地区的乡村，一直流传着一则美丽的传说。

在很久很久以前，有一户姓李的人家，丈夫名叫李虎，是个年轻力壮的庄稼汉。李虎与妻子很是恩爱，先后生了两胎儿女。令人伤心的是，未满周岁，两胎儿女就都夭折了。这让李虎夫妇伤心不已。好在老天爷眷顾，有一年李虎妻子又生了个白白胖胖的大小子。这让夫妻二人喜出望外，把宝贝儿子宝贝得什么似的。正如人们常说的：捧在手里怕摔了，含在嘴里怕化了。正当夫妻俩高高兴兴，准备为儿子筹办“满月酒”的当口，大胖小子得了“锁口疔”—— 一种十分凶险、毒性巨大的毒疮。

李虎夫妇怎么也想不到，夭折了一双儿女之后，快满月的大胖小子，竟然得了“锁口疔”，凶多吉少。这该如何是好呢？夫妻二人抱着襁褓中的婴儿，四处奔走，求医问药。然而，面对此病，绝大多数医者均无计可施。这让李虎夫妇心急如焚。李虎妻子更是伤心，整日以泪洗面。

李虎妻子心意已定，如若儿子再夭折，自己也不想活了。

就在这两口子一筹莫展之际，一个大雨滂沱的雨天，一个老奶奶搀着一个孩童，跌跌撞撞地出现在李虎家门口。心地善良的李虎夫妇，看在眼里，心想这世上凄苦之人，也不只是我们夫妻，眼前的这对祖孙，不也十分凄凉吗？当下便将祖孙二人请进屋内。

李虎夫妇从老奶奶口中得知，原来是“枯叶不落青叶落”，老奶奶儿子媳妇不在了，只留下她和小孙子相依为命，以乞讨为生。这大雨滂沱的，一天都还没吃东西呢。

人常说同病相怜。李虎两口子对祖孙二人的不幸，很是同情。他们为老奶奶和小孙子端上了热饭热汤。老奶奶边吃边谢，连连说：“好人啊，好人！”继而询问家里还有什么人。不问也就罢了。老奶奶这一问，惹得李虎妻子一把鼻涕一把眼泪，为病中尚未满月的儿子伤心起来。

老奶奶听罢，从随身包裹里拿出个小瓶子，从中倒出一粒药丸，言道：“救你小儿性命去吧！”

李虎夫妇如获至宝，赶紧将药丸给小儿服下。一会儿工夫，原本已悄无声息的小儿，竟然睁开眼来，“哇哇”大哭起来。李虎夫妇一看，自己的儿子得救了，连忙回堂屋来谢老奶奶救子之恩。

此时，堂屋里已空无一人。只见饭桌上留下一双金光闪闪的“虎头鞋”。一个声音从天空中传来——

宝宝系母心头肉，
玉瓶仙丹解胎毒。
虎头鞋子赤脚穿，
狼虫魍魉不敢簇。

夫妻二人循声望去，但见观世音菩萨和红孩儿驾着一朵祥云，飘然而去。李虎夫妇感激得连连跪拜。

此虽为传说，倒还是有丝丝迹象可资稽考。那就是，现在寺庙中观世音菩萨跟前的红孩儿，总是赤着一双脚。据说，他原先的那双“虎头鞋”，留给了李虎家儿子。至此，“虎头鞋”就有了避邪免灾保平安的神奇功效。为新生儿穿“虎头鞋”的习俗，渐渐在民间流传开来。

提及“虎头鞋”的制作，则不得不提到其四代传人，以及120多年的历史。

“虎头鞋”制作的第一代传人叫章氏，清光绪初年生于一个徽商之家。章氏自幼聪慧好学，读诗书，学女红，尤其喜欢刺绣。嫁入叶府时，据说叶府曾专门为她设了一间绣房，这也为她日后刺绣“虎头鞋”技艺日益精湛奠定了基础。年过九旬的章氏，耳不聋，眼不花，她制作的“虎头鞋”成了当地人眼中的“祥瑞”之物。

“虎头鞋”制作的第二代传人，为章氏之女叶月英，安徽歙县人，出生于清光绪二十五年（1899年）。叶月英在跟随母亲章氏学习刺绣的同时，还跟当地多名艺人学习绘画、剪纸等民间技艺。喜欢钻研的叶月英，很快就将绘画、剪纸以及京剧脸谱艺术融进“虎头鞋”制作当中。她制作的“虎头鞋”，民间特色更为浓郁。

吴和生，“虎头鞋”制作的第三代传人。13岁跟随母亲叶月英学习制作“虎头鞋”，17岁嫁到泰州口岸镇。这样一来，也就把祖传的“虎头鞋”制作技艺带到了口岸。口岸虎头鞋由此诞生。

让“口岸虎头鞋”发扬光大、声名远扬的，为“虎头鞋”制作的第四代传人邓小华。1958年出生于高港口岸镇的邓小华，从小就跟着母亲吴和生学习“虎头鞋”制作技艺。与母亲有所不同的是，邓小华紧跟时代步伐，将“虎头鞋”的鞋帮和拷边由手工改为缝纫机加工，工效大幅提高。在图案设计方面，邓小华融入了徽派剪纸与扬州剪纸艺术，增加了泰州地区百姓喜闻乐见的吉祥纹案，如“喜鹊登梅”“荷花莲藕”“麒麟送子”等。

她在“虎头鞋”制作过程中，非常讲究针数。几乎无一例外，都取“吉数”。寓意“双喜”“五福”“四四如意”“六六大顺”之类，极富地方特色。

如今，邓小华已经把“虎头鞋”由单一制作，创新成为系列产品。鞋面色彩上，形成了“头双蓝”“二双红”“三双紫”三色系，迎合了民间有姑姑送三双不同颜色“虎头鞋”，保佑侄儿平安富贵的习俗。

“虎头鞋”制作，经过四代传人的探索，制作工序已较为成熟。选料工序有四道：选面料、选丝线、选兔毛、选饰物。这里值得注意的是，面料一定要选杭州或苏州产的织锦缎料。丝线也要选苏杭地区正宗蚕丝线。两者均不得选用人造化纤之物。

制作工序有9道：下料、粘面、缝接、绲边、描样、绣虎头、绣鞋帮、绲口、镶毛，然后是：绣底、上底、制尾、订须、捏耳5道工序。这里值得交代的是，上底时，鞋底和鞋帮用针要细，不能露针线，亦不能露针眼；制尾时，用黄色面布裹兔毛，兔毛露出约2厘米；订须时，一般在虎口两边各订6根“虎须”，寓意“六六大顺”，也有多的在虎口两边各订25根，一双鞋合“100”之数，寓意“长命百岁”。

时至今日，小孩子“三朝”“满月”“过周”等重要时间节点上，亲友们都会为小宝宝送来一双双象征祈福纳吉的“虎头鞋”。毫无疑问，这“虎头鞋”，成了一个人生命最初时的装点。

我还是愿意相信，“生”之终点，必然是“死”。人的一生，总是要面对死亡。鲁迅先生曾举过一个极端的例子。说是“一家人家生了一个男孩，合家高兴透顶了。满月的时候，抱出来给客人看”，于是客人的反应来了——

一个说：“这孩子将来要发财的。”说“发财”者，“得到一番感谢”。

一个说：“这孩子将来要做官的。”说“做官”者，“收回几句恭维”。

一个说：“这孩子将来是要死的。”说“要死”者，“得到一顿大家合力的痛打”。

由此可见，人们对接受“真相”，并不是那么容易。这样一来，便会滋生出许多烦恼。譬如，贪、嗔、痴；再如，生、老、病、死；还有人们常说的，“怨憎会”“爱别离”“求不得”，诸如此类，不一而足。

其实，我们应好好想一想，在生命结束时，以上所说的“三毒”也好，“八苦”也罢，还有那么“重要”吗？当生命走至终点，意味着一切归“0”：爱恨情仇，成功失败，崇高卑劣，荣耀污垢。只落得“赤条条，来去无牵挂”，还尘世一个“白茫茫大地真干净”。岂不善哉！

这里头，值得探究的是，我们对死去的人持什么样的态度？我的友人，小说家王树兴为了获得真切的认知和感受，他一段时间与殡仪馆员工同吃同住，与那些死者来了个零距离。因此，《入殓师》也好，《咏而归》也罢，它们都从另一个角度告诉我们：死亡在所难免，逝者值得敬重。我们应当珍惜每一天，用温情去善待身边爱我们的人。因为谁也不知道，死亡和明天，哪一个会先行来临。

在我的家乡，对死者的敬重，也有一整套规范“流程”。在此，我只说一项颇为古老的民间工艺：纸扎。

在民间，纸扎有多种不同的称谓，如扎作、扎纸、扎纸库、扎罩子、彩糊等，通常用于祭祀先人，悼念逝者。产生于汉代。

既然称之为纸扎，所用的材料的主体应该是纸，各种规格、各种质地、各种颜色的纸，此外还有芦苇、竹子、麻绳之类。

海陵“孙氏纸扎”

专门从事纸扎者，被称为“扎彩匠”。“扎彩匠”从事纸扎行当经营的场所，也有其专有名称，称为“纸扎铺”“纸马铺”“纸马香铺”。通常是在这固定的名称前加上经营者的姓氏，就是完整的“铺”名了。譬如，在泰州海陵一带，只要提到“孙氏纸扎”，老百姓没有不知道的，知名度、美誉度都很高。在东乡塘湾绰河，人们只要看到“孙记纸扎铺”，就会知道，这间铺子是孙氏家族所开。

“扎彩匠”一般“扎”五类纸扎品：一是人像，包括各类神像。通常为童男童女、戏曲人物，还有各类侍者。二是房屋建筑，有不同规制。普通民居式样，有三厢式、五厢式，加上“灵房”“门楼”即可。如若是分前后进，则以七厢式、九厢式居多，外配“灵房”“门楼”“牌坊”之类，其格局和气派则大不同矣。三是牲畜，以犬、马、牛、羊最为常见。讲究的则要在房屋特殊位置加上“瑞兽”，如宅院大门口摆上一对石狮子，客厅神案上方置绕云祥龙，寓所床笫前置腾飞凤凰，凡此等等，为整个建筑群落增添祥瑞之气。四是被褥、衣物。为逝者提供不同用途被褥，四时衣物，棉衣、夹袄、单衣，上装、下装。五是器皿、电器等。包括日常所用盘子、碟子、杯盏等，以及铜炉、风扇等季节性用具，电视、冰箱、洗衣机、汽车等现代用具，应有尽有。只要主家提出来，“扎彩匠”都会一一满足，只是费用上不让师傅吃亏就好。

明清时期，及至民国，泰州城乡就有10多家纸扎铺子，分布在南门高桥、北门杨桥、城中升仙桥、西门招贤桥等地方。其中，要数前文已经提及的东乡塘湾绰河的孙氏纸扎最为出众。坊间一直流传着“化库好纸扎，绰河孙家扎”的说法。“孙记纸扎铺”从清道光年间开业传承至今，已经有六代之多。当下的孙氏纸扎传人孙素林，从小就受到祖辈纸扎技艺的熏陶，10岁时开始随其父学习纸扎制作，从多年的实践中将孙氏纸扎，提炼出了一套较为完整的工艺规范。

一套完整的纸扎，首先要有总体构想，并据此出“蓝图”。现在多有强调“一张蓝图绘到底”，是有其道理的。纸扎也不例外。

进入实际操作程序，扎骨架、彩绘、裱糊，直至组装，都是“手艺”层面的事，皆有具体要求。譬如，扎骨架。根据纸扎要求的那些人物、建筑、牲畜、用具，以及具有时代特征“大件”的基本框架，来进行“骨架”绑制。在绑扎过程中，讲究结构合理，比例得当，形象逼真，立轴稳定，方便搬运，易于焚烧。再如，彩绘。实际操作过程中，分为糊前绘和糊后绘两种。糊前绘，就是在整个骨架糊裱前，将所需图像、图案，事先画好了，只等素糊结束后，再贴彩绘好的彩纸；糊后绘，顾名思义，就是在所有糊裱完成后，依据纸扎图案的要求，直接在骨架上进行彩绘。

所有这些，都离不开“蓝图”统领。当然，有了“蓝图”之后的最基础性的一步也很重要，那就是选材。主材为纸，多以绵纸、宣纸、毛边纸、草纸为主，色纸则是根据纸扎需要，选择相应的彩色染制。此外，还有扎骨架需要用的芦苇、麻绳、竹子等，这里所用“芦苇”，一般为本地产的“钢芦苇”，材质硬挺，弹性好，易焚烧。

孙氏纸扎熔剪纸、绘画、书法、雕镂、扎制等多种技巧于一炉，形成了独特的审美取向和文化内涵。虽然在“文革”时期被作为“四旧”而取缔，但到1977年国家宗教政策落实，对各种民间传统习俗进行保护，纸扎又走进了普通百姓生活。

依我个人的认知，纸扎之所以被众多民众用来给死去亲人作生命最后的装点，跟死去亲人在世生活贫困不无关系。纸扎，寄托着活着的人们对死去亲人天国生活的一份美好祈祷。

孔子有云:“未知生，焉知死？”《入殓师》在结尾处，主人公小林大悟在为多年未见面的父亲入殓时，同时又迎来了妻子的怀孕。这是一个颇具意味的情节设置。一个生命逝去，另一个生命在孕育。这是一种承接，也是一种轮回。有生就有死，“有死”让我们好好珍惜当下的“生”。

2021年2月19日于天禧玫瑰园

后　记

《这一凿，生命如花》这部散文集中所收录的文章，主要刊发于《大家》杂志。2021年，我在《大家》开了个人专栏——“醉岁月”。书写的是活跃在民间颇具影响力的非遗传承人。他们陶醉在自己的岁月里，取一种民间视角、民间立场、民间态度。但，在我的笔下，“民间”更是一种生存状态，一种生存智慧。

本书中的13篇非遗散文，叙写了特定地域的民间风俗、风物、技艺，所涉及的不少非遗传承人，我与他们大多是熟识的。譬如姜堰滚莲湘第五代传人李道功先生，我在泰州市文联工作时，他曾出任泰州市舞蹈家协会主席一职，工作中是有些交流的。再如世泽木雕第五代传人帅春燕先生，我曾主导为他设立了“帅春燕木雕工作室”，列入“泰州文化名人”工作室系列，成为泰州文化名城建设的重要抓手之一。

这当中，与我交往较多的应数王氏面塑传人、生活在我身边的面塑大师——王洪祥。老实说，我初见王洪祥时，他的生活境况并不理想。为了生存，他竟学会了川剧的喷火变脸，时不时出现在一些婚庆现场。

王洪祥的无奈和艰难，无须细说矣。墙内开花墙外香的境况怎样才能改变呢？我抓住了地方政府“泰台一家亲”活动策划契机，在向台湾地区嘉宾进行传统民间工艺展示环节，植入了王洪祥面塑表演。在此之前，我让王洪祥精心准备了几位到场重要嘉宾的个人塑像。当王洪祥将一尊尊栩栩如生的塑像赠送给嘉宾本人的时候，嘉宾们惊讶地张开了口，却说不出话来。

我知道，这样的赠送，实在是太出人意料也。其实，这对于我和王洪祥来说，只是故技重演。几年之前，在我策划的《欢乐中国行》大型演唱会现场，我就曾让主持人董卿给歌手周华健献上一尊王洪祥制作的周华健面塑像，令周本人大为惊奇，连连道谢。

此番给台湾地区重要嘉宾塑像，王洪祥驾轻就熟，果然一举成功。王洪祥至此真正引起了地方领导的关注。于是，泰州稻河古街区开街之日，王洪祥被安排在开街人流最密集的中心区域，向成千上万的游客展示自己的面塑技艺。王洪祥的周围，成了一个巨大的磁场，吸引着大人小孩挤挤簇簇，水泄不通。

成为非遗传承人的王洪祥，走进了校园，走上了讲台。在我主导下，泰州市文联给王洪祥设立了“王洪祥面塑工作室”。

让我深感敬佩的是，像李道功、帅春燕、王洪祥这些非遗传承人，别看他们在不熟识的人眼里普通得不能再普通，平凡得不能再平凡，但是只要你走近他们、了解他们之后，就会知道，他们在自己所从事的领域皆为响当当的高手，都有令人惊艳的绝活，都有含金量极高的传世之作。正因为有他们在，有他们的作品在，才让我们寻常的日子闪闪发光，寻常的岁月熠熠生辉。

为此，我要感谢首发这一组非遗散文的《大家》杂志，更要感谢《大家》杂志的主编、青年评论家周明全先生在这一组文章结集出版之际，为之作序。我要特别感谢中国华侨出版社的厚爱，主动把这一组非遗散文列为出版选题，从而使李道功、帅春燕、王洪祥等非遗传承人走出地方、走向全国、走向海外，为更多人所了解、所熟识，从而使别具特色、魅力无穷的非遗项目声名远播，传之久远。

当然，这一组非遗散文的写作，也让我更清醒地认识到，“非遗”是一座历史文化富矿。我希望通过《这一凿，生命如花》的书写，引发更多作家、专家对“非遗”的关注、研究、挖掘。我的书写，连冰山一角都算不上。

是为后记。

刘香河

2024年10月18日于海陵莲花